還魂集

邱炳权 著

上海文艺出版社
Shanghai Literature & Art Publishing House

图书在版编目（ＣＩＰ）数据

还甦集 / 邱炳权著 . -- 上海：上海文艺出版社，2022（2024.3 重印）
ISBN 978-7-5321-8470-5

Ⅰ . ①还… Ⅱ . ①邱… Ⅲ . ①诗集－中国－当代 Ⅳ . ① I227

中国版本图书馆 CIP 数据核字 (2022) 第 168206 号

发 行 人：毕　胜
策 划 人：杨　婷
责任编辑：李　平　程方洁
封面设计：悟阅文化
图文制作：悟阅文化

书　　　名：还甦集
作　　　者：邱炳权
出　　　版：上海世纪出版集团　上海文艺出版社
地　　　址：上海市闵行区号景路 159 弄 A 座 2 楼
发　　　行：上海文艺出版社发行中心发行
　　　　　　上海市闵行区号景路 159 弄 A 座 2 楼 206 室　201101　www.ewen.co
印　　　刷：三河市嵩川印刷有限公司
开　　　本：880×1230　1/32
印　　　张：5
字　　　数：108 千
印　　　次：2022 年 10 月第 1 版　2024 年 3 月第 2 次印刷
Ｉ Ｓ Ｂ Ｎ：978-7-5321-8470-5
定　　　价：32.00 元

告读者：如发现本书有质量问题请与印刷厂质量科联系　T：13932608211

代序

说教嘈切莫入门

邱炳权

　　我一生有两大爱好，一是练功，二是写作，但从不敢示人，怕被笑话。直到2017年在师友周玉柳、周光辉的鼓动下，我才出版了个人第一本专辑——《关门诗词集》。

　　说到写诗填词，说难不难，说易不易，就看怎么入门。我和无数诗词界人士交流过，他们绝大多数人认为只有掌握了声律，才能写诗填词，我以为不然。首先，诗词的范围很广，它包含了古体、近体（格律）、曲、赋、现代诗等多种体裁，且每种体裁都不缺名家、名篇。其次，现在大多数人口中的"诗词"，其实只是近体（格律）诗词中的声律部分，这是相当不严谨的。"格律"者，"格"是思想、灵魂；"律"是声律、音韵。王昌龄在《诗格》中说："凡作诗之体，意是格，声是律，意高则格高，声辨则律清，格律全，然后始有调。"可见平仄、律句、粘对等只是诗词中的"声律"部分，"格"才是核心、灵魂。格律（近体）诗词并不只是合符一套声律那么简单。我们可以随便捡几十甚至上百字按照近体诗词的声律排列起来，但它不一定是诗词。能辨平仄、律粘固然重要，但它终究与诗词的灵魂、核心无多大关系。我国最早的《尚书·尧典》说："诗言志。"晋代陆机《文赋》："诗缘情而绮靡。"这种思想发展了传统的"诗言志"理论。唐代司空图认为诗词创作优劣取决于韵味的消长。其所谓"韵味"，是指诗词创作中蕴含的思想倾向与艺术特色所构成的具有审美价值的品质，这种品质和读者的主观思想相结合，就形成了"韵外之致，象外之象"的审美效果，又说"雄浑"是第一类的，所谓"雄浑"，主要指诗词创作要雄健有力，要有浑然一流的风格，它既包含着正确而又充实的思想内涵，又有波澜壮阔的气度，两者是紧密结合的。宋欧阳修在《六一诗话》中提出"意新""语工"两项要求，"意新"即立意要新。宋张戒《岁寒堂诗话》："其情真，其味长，其气胜。"可见"诗言志"是我国古典诗词中的首要理论，他关乎作者的情感与客观世界之间的融合，实际上也就是诗词创作中的主体问题。我国古典诗论从"言志""缘情"开创的，皆着眼于诗人主观内心世界与客观事物之间的观照关系，在诗词中强调内在与外界的沟通、融合。这是基础，在此基础上发挥诗人的主观创作，深入体会外界事物的本质特征，求得新的艺术创造，达到隔与不隔物我无间之境。

由此可见，写诗填词，一味在声律上打转，永远没法入门。我主张从练"格"入手，即从"立意"入门，这样可以少走弯路。"格"者格物也，探究事物的本源纠正人的行为。《礼记·大学》："致知在格物，物格而后知至。"此为儒家"三纲八目"中"八目"之基石。写到这里我想起练武的一段经历，我国武术源远流长，门派众多，但其可归纳为外家功和内家功两大派别，外家功以少林为代表，其主张从"武"入门，即从"眼、身、手"起练；内家功以武当为代表，其主张从守"丹"入门，即从"精、气、神"起练，练武到底是从外功入手还是从内功入门好呢？长期的实践，让我深深体会到"练武不练功，到老一场空"。意思是说一个人练武，如果只练眼、身、手，不练精、气、神，到头来是一场空。同时眼身手是可以练成的，但精气神只能修成。如果把这个体会用在对格律（近体）诗词的学习上，再恰当不过。两相对照，外家功就相当于格律（近体）诗词中的"律"，即"眼、身、手"。内家功就相当于格律（近体）诗词中的"格"，即"精、气、神"。如果一首诗词中只有"眼身手"没有"精气神"，则下乘都不算。归根到底，声律（眼身手）只是一套规则而已，它对作品的灵魂不会产生专定性的影响，所以我认为写诗填词立意要匠心，谋篇要空灵。务必做到：1.思想清明。2.主题突出。3.意境优美。4.声律明快。5.讲究粘对。6.用字精准。为此今上拙作二首共勉，一首是戊戌仲夏写的："绝律从来意是本，阳春下里要躬行。九州自有英豪在，何必乌鸦唱小生。"一首是辛丑仲春写的："饱耳闲听韵律呻，倒将此事细思寻。家规家谱唯唐宋，徒子徒孙尽古人。律入清音身手眼，格刊大本气精神。阳花小调言窥室，说教嘈切莫入门。"

2020年3月于书斋

目录

词篇

诗篇

词篇

水调歌头·日月赛扬州

潇洒新江岸，⁽¹⁾溪绕小红楼。

气吞万里年少，佩紫系衫头。

遥想陶潜巾漉，还是幼安飞剑，何事更风流？

我著一杯酒，笑饮古今愁。

举木耜，翻杜岭⁽²⁾，作春秋。

满园清气，红装素裹好相留。

身荷蓑衣斗笠，手纳金丝玉管，醉卧夜无休。

夷水⁽³⁾旧新景，日月赛扬州。

壬寅季春

注：（1）新江：新寨河。位于杜家岭西面。

（2）杜岭：杜家岭。位于湖南省新宁县县城西郊。

（3）夷水：扶夷江。

永遇乐·白公渡怀古⁽¹⁾

夷水北流，金岭⁽²⁾东拥，中列英杰。
折祭商河⁽³⁾，酿钱入土，楚勇毛自荐。
三朝骢马，铿然一叶⁽⁴⁾，恰是崀山情牵。
话隆中⁽⁵⁾，前夕大醉，醒来小园葱茜。

天涯草客，山遭云路，一缕和风扑面。
芍药花开，凤梨果熟，九月霜菊炫。
岁杪满地，红楼夜景，唱尽旧欢新怨。
又来日，流觞莫把，轻摇羽扇。

壬寅初夏

注：（1）白公渡：即湖南省新宁县金石镇白公渡。

（2）金岭：金紫岭。

（3）商河：小商河。位于今河南省中部。

（4）铿然一叶：此借用宋苏轼《永遇乐·明月如霜》之原句。

（5）隆中：即《隆中对》。选自西晋陈寿《三国志·蜀志·诸葛亮传》。

词篇

风入松·点墨出星

夷江落落下洞庭，越岭⁽¹⁾亘家径。
原来山水分携路，敬孙敬⁽²⁾，草宅梁绳。
几案风吹余带，窗前灯亮五更。

律回雪雨打门庭，杜岭见新晴。
去年多少长安事，笑当初，利益小丁。
今日何人知我，宣豪点墨出星。

庚子季秋

注：（1）越岭：越城岭。
（2）孙敬：汉著名政治家、纵横家。

青玉案·笑傲江湖

百年肝胆时相照，天下剑，衡山庙。
四面楚歌今日号，琴箫合奏，看正邪谁倒！

江湖儿女归来少，碧血丹心人去了。七二青峰风雨啸，
几川血泪，一曲笑傲，弹地荒天老！

戊子仲夏

还甦集

永遇乐·蓑衣渡怀古 (1)

今古蓑衣，清江水上，樯橹无系。
望水塘湾，汹涛寂寞，絮舞风吹起。
西边髻鬟，悬崖倒树，可是忠源 (2) 福地。
弁豪矜，青蛇 (3) 水淹，赢得草草枪哝。

沉舸膏血，横桥舟亘，酒戏旗鼓堪矣！
剩下湘江，长沙垣虎，杜宇啼征鼙。
天无马谡 (4)，曾刘左李 (5)，却是风吹雨去。
今回首，千骑不在，长天净洗！

己丑仲春

词篇

注：（1）蓑衣渡：位于广西全州城东北 10 里处。1852 年 6 月 5 日太平天国农民起义军与清军（楚勇）在此血战，史称蓑衣渡之战。

（2）忠源：江忠源，字常孺，号岷樵，湖南新宁人。道光二十七（1822）于桑办团练，咸丰元年（1851）太平天国农民起义运动暴发后，江忠源奉调招集所练乡兵（"楚勇"），随清军赴广西阻击义军。咸丰二年，太平军攻破全州，沿湘江水陆并下。江忠源于蓑衣渡设伏，伐木塞河，凭借西岸有利地形和隐藏的火炮大败太平天国军，南王冯云山殉难。江忠源一战成名。

（3）青蛇：宝剑。唐郭元振《宝剑篇》："精光黯黯青蛇色，文章片片绿龟鳞。"

（4）马谡：三国时马氏五常之一。

（5）曾刘左李：晚清重臣曾国藩、刘长佑、左宗棠等。蓑衣渡之战系清军战胜太平天国军队的关键之战，若无蓑衣渡之战，长沙陷落，湖南尽入太平军之手，丁忧的曾国藩必不能回乡募勇，甚至为太平军所俘。

若此，曾、胡、刘、左、李诸中兴名臣则永无出头之日，历史上也将不再有湘军这一支武装。

永遇乐·东门⁽¹⁾怀古

碧水清秋，霞光送晚，山岚云霁。
前度刘郎⁽²⁾，重来江榭，往事凭谁忆。
今余浩挽，三门逝水，洗尽多少酸泣。

千年越，河山照旧，狼豪铁马无继。
故国满目，鸿儒曾有，一脉二白周李⁽³⁾。
只叹杨公⁽⁴⁾，天国遗恨，乡勇⁽⁵⁾谀骨矣！
荒天老地，人生飞絮，一片隔窗闲雨。
西风对，依稀梦里，记来听取！

甲申仲夏

注：（1）东门：湖南新宁古城东门。

（2）刘郎：相传东汉永平年间，刘晨、阮肇在天台桃园洞遇仙，返乡后又重到天台山，后称去而复返者为前度刘郎。唐刘禹锡《再游玄都观》："种桃道士归何处，前度刘郎今又来。"

（3）二白周李：二白：春秋楚王族白善、白起。周：北宋理学鼻祖周敦颐。李：明永乐两广总督李敏。

（4）杨公：宋抗金名将杨再兴。

（5）乡勇：即楚勇，实为湖南新宁江忠源、刘长佑所练的"乡兵"。

念奴娇·双清⁽¹⁾怀古

清华二水，照绮户，一览资江时节。
故苑深黛明紫翠，雨霁含洲碧冽。
四岸丛林，托云举日，杏谢菊堆雪。
双清流韵，旧游休话轻别。

遥看理宗⁽²⁾垒土，念儿海⁽³⁾捕奴，雄姿英色。
受教良图⁽⁴⁾思夷技，皈晚云山千叠。
万里风光，交疏谨记，此地人如月！
涌浪惊我，气如虹贯飞射。

乙未金秋

词篇

注：（1）双清：湖南省邵阳市双清公园。位于资邵两水汇流下处，故名"双清。"

（2）理宗：宋理宗赵昀（1224—1264）。登基二年，以年号"宝庆"为名，升邵州（今邵阳）为宝庆府。并改用砖石砌垒，对之前邵州的土城墙加高加厚，今天看到的老城区其规模形制是赵昀在位时奠定的，几百年未变。

（3）儿海：洪武二十一年，明开国元勋蓝玉率15万大军于捕鱼儿海（今贝加尔湖）获北元光次子地保奴百余人。

（4）良图：魏源（1794—1857），名远达，字默深，号良图。湖南邵阳隆回县司门前人。清启蒙思想家、政治家、文学家。晚年弃官归隐，潜心学佛。

沁园春·拜蔡锷墓⁽¹⁾

九岭谷州⁽²⁾，地密藏锋，一烈将门。

叹千古绝唱⁽³⁾，英年早逝；南天拔剑，经战成名，

慰道苔藓，安坟季翠，夏雨春风奠故魂。

英灵在，亦慕余亲睦，天地名声。

资江皓月一轮，照柴户风流人世尊。

忆护国袁讨⁽⁴⁾，民国建立；鞑虏驰赶，权地平均。

夙愿为公，戎鞭倥偬，两袖清风泣鬼神。

松坡墓⁽⁵⁾，有忠肝义胆，光耀洪钧⁽⁶⁾。

庚辰季春

注：（1）蔡锷墓：蔡锷（1882—1916），原名艮寅，字松坡，湖南邵阳人。中华民国初年杰出军事领袖，曾发动讨袁战争。1916年11月病逝于日本，1917年4月葬于湖南省长沙市岳麓山白鹤泉后方的山上。

（2）九岭谷州：九岭：湖南邵东九龙岭。谷州：湖南邵阳谷州镇。

（3）千古绝唱：小凤仙在京城八大胡同吉云班与蔡锷诀别时唱的三首曲子：《帝子花》《柳摇金》《学士中》。

（4）护国袁讨：1915年12月袁世凯在北京宣布接受帝制，南方将领唐继尧、蔡锷、李钧烈等在云南宣布独立，并起兵讨袁。南方各省纷纷宣布独立，袁世凯被迫取消帝制，数月后病逝。

（5）松坡墓：蔡锷墓。

（6）洪钧：《文选张华（答何勋）》诗之二："洪钧陶万类，大块禀群生。"洪钧，大钧，谓天也。大块，谓地也。言天地陶化万类，而群化禀受其形也。唐郑絪："洪钧齐万物，缥帙整群书。"

沁园春·崀山⁽¹⁾

山崀银虬，地貌丹霞，姑射⁽²⁾逍遥。
望将军笏板，灵霄剑指；云台犄角，碧海鲸涛。
兰若⁽³⁾清音，天书遗草，横破潇湘九域娇。
夷江韵，柳眉弯弓绕，鱼舞虾蹈。

天开半壁风骚，更挂起征帆起落潮。
自高宗⁽⁴⁾武士，商河折戟⁽⁵⁾；宣德老骥⁽⁶⁾，仁厚节操。
一代英雄，飞仙金醉⁽⁷⁾，雪地碾庄⁽⁸⁾功自高。
春风御，又世遗甲五⁽⁹⁾，月貌今朝。

丙申季春

词篇

注：（1）崀山：中国丹霞地貌崀山风景名胜区。（详见后注）

（2）姑射：姑射真人。《庄子·逍遥游》："藐姑射之山，有神人居焉，肌肤若冰雪，淖（绰）约若处子。不食五谷，吸风饮露……"

（3）兰若：寺院的别称。

（4）高宗：宋高宗。

（5）商河折戟句：商河：小商河（位于今河南中部）。南宋绍兴十年（1140）金兀术屯兵十二万，进攻临颍，杨再兴率部一马当先，杀敌二千余，又领轻骑三百进击，至小商河，雪掩河道，马陷河中，金兵乘机万箭齐发，杨再兴英勇战死，焚其身，箭镞足两升。

（6）宣德老骥：宣德：明宣宗。老骥：即李敏，字资明，号白沙。明洪武十九年（1386）生，永乐十八年（1420）中举，二十二年（1424）登宽榜进士，先后任南京行人，福建道监察御史，因助郑和下西洋有功，

升广西按察使，兼兵备道佥事，后擢都御史兼两广总督，并受理"外夷事务"，景泰二年（1451）卒于总督任署。

（7）飞仙金醉：飞仙：湖南省新宁县飞仙桥乡。金醉：吴金醉，本名吴金撮(1917—1967)，新宁县飞仙桥乡人，华南野战军第四纵队营长。

（8）雪地碾庄，雪地，爬雪山过草地。碾庄，今江苏徐州邳州市碾庄镇，淮海战役在此围歼黄百韬兵团。

（9）世遗甲五：世遗：2010年8月2日，"中国丹霞·崀山"在第34届世界遗产大会上顺利列入《世界遗产名录》。甲五："五甲"的倒装。即"五A"。2016年崀山被评为全国五A级风景名胜区。

沁园春·扶夷江[1]

银汉初开，草木德泽，净土吐泉。
唤红磷崖壁，漏声化乐；峡谷坳岭，昼夜盘旋。
虎啸雄关，狮横要塞，志在春秋下九天。
风雷动，将山河洗净，一马平川。

回眸碧水千年，论往古风流谁问先。
叹石门兴寨[2]，群雄并举；白沙[3]淘浪，五典[4]难传。
遗恨天国[5]，《离骚》[6]安续，尽日夷江拜枭杰。
沉吟久，望云山集景，正引人前。

丁酉仲春

注：（1）扶夷江：又名夫彝水，旧名罗江。资水南源，发源于广西壮族自治区资源县金紫山，从湖南崀山窜市塔子寨入新宁县境，经金石镇、回龙寺等八个乡镇于回龙镇上伍家入邵阳县，在双江口与资水汇

合入洞庭湖。

（2）石门兴寨：宋在新宁境内石门设兴寨、岔溪设土岭寨、金城山设古限寨、油头设香坪寨等，以控要塞。

（3）白沙：今白沙镇。暗喻李敏，李敏，字资明，号白沙。（详见前注）

（4）五典：孔安国《尚书传序》："少昊、颛顼、高辛、唐、虞之书，谓之五典。"

（5）天国：太平天国。

（6）《离骚》：我国战国时期屈原创作的诗篇，是我国最长的抒情诗。

沁园春·上先生⁽¹⁾赋

起坐乾坤，平步风波，汉玉到家。
看资江秋色，英随天去；雪峰⁽²⁾雾影，淡入窗纱。
宝庆鸿鹄，经纶雅负，出道椽笔市三衙。
传尺戒，于扶阳指点，李杏桃花。

人生几度天涯，奈乌兔⁽³⁾，茶凉误仙槎⁽⁴⁾。
问国藩艺术，空弦响箭⁽⁵⁾；宗棠绝活，天下妙杀。
书盖翘雄，官冗豪纵，练囊⁽⁶⁾可惜照发华。
先生事，望楚天清气，几处烟霞。

己卯金秋

注：（1）先生：周玉柳，湖南省新邵县人。现供职于邵阳市人民政府，湖南省作家协会会员，湖南省文学评论学会理事，湖南省地方志专家库专家。著有《邵阳湘军》《秒杀》《向曾国藩学领导艺术》《左宗棠绝活》等。

词篇

（2）雪峰：雪峰山。古称梅山。

（3）乌兔：古时指日月，喻时间。神话传说日中有乌，月中有兔。

（4）仙槎：神话传说中往来于天地之间的一种竹木筏。典出晋张华《博物志》卷三。

（5）空弦响箭："响箭空弦"的倒装。《战国策·楚策》记载：更赢与魏王一道在高台之下，仰见飞鸟，就引弓虚发，居然惊落了大雁。

（6）练囊：白色的绢做成的口袋。典出《晋书·卷八十三·车胤传》："胤恭勤不倦，博学多通，家贫不常得油，夏月则练囊盛数十萤火以照书，以夜继日焉。"

沁园春·简新居

杜岭三径⁽¹⁾，快意余生，岁序景仙。
甚一门权贵，风发意气；台前孤奋，抵死尘年。
志倦身还，风光山里，口在白仓华富鲜⁽²⁾。
流年改，叹江湖犹记，骇浪回船。

今嗟几尾龙蛇，怕旧事披星觅草田。
要抛钩钓鲤，红鳞旋剁；移梅观雪，沽酒来赊。
春饮秋菊，冬着兰佩⁽³⁾，月霁心音安道⁽⁴⁾哉！
今何恨，看廉颇老矣！莫话帽偏！

乙未尽月

注：（1）杜岭：杜家岭。三径：晋赵岐《三辅决录·逃名》："蒋诩归乡里，荆棘塞门，舍中有三径，不出，唯求仲、羊仲从之游。"

（2）白仓：湖南省邵阳县白仓镇。华富：华富酒家。该店的血酱鸭色味上品，鲜美可口。

（3）春饮秋菊，冬着兰佩：此化用屈原《离骚》："夕餐秋菊之落英。"又"纫秋兰以为佩"。

（4）安道：即戴逵。《世说新语·任诞》：晋王徽之（子猷）居山阴，一日雪夜初霁，月色清朗，忽然思念居住在剡县的戴逵（安道），即刻乘小舟夜访，天亮时到达戴逵家门口，未进屋与其见面，又乘舟返回，有人问其故，曰："吾本乘兴而行，兴尽而返，何必见戴。"生活要顺应自然，任其疏放，没有私心，不求功利。

风入松·清明祭母

词篇

青烟冷雨上清明，
划草瘞佳城。
蒿荒水口⁽¹⁾伤心地，
悲风泣，肠断杨声⁽²⁾。
去日炎凉薪火，
今烧又吵娘惊。

律回⁽³⁾借米度家耕，
粗布怯乡行。
茅屋苦雨漏残月，
怕为我，夜练囊⁽⁴⁾萤。
湿眼擦干未许，
只为老泪空横。

甲午清明

注：（1）水口：水口山。位于湖南省新宁县原白云乡跃进村九组。

（2）肠断杨声：自唐李白《上留日行》"悲风四边来，肠断白杨声"中化出。

（3）律回：每年的第一个月。上古黄帝命"伶伦"断竹为筒，以候十二月之气，阳六为律，阴六为吕，立春往往在十二月与正月之交，按序属吕尽律回，故曰"律回"。

（4）练囊：一种用白色的绢做成的袋子。《晋书》："胤恭勤不倦，博学多通。家贫不常得油，夏月则练囊盛数十萤火以照书，以夜继日焉。"

贺新郎·疾

一梦南柯别，看浮云，晓星划过，不假欢迭。
苦疾儿提今又烈，唯有白云落雁。弦哪语，三生⁽¹⁾何碣？
草本青根从佛祖，遣胡人，解我肠千结。这又是，几经卷？

世人风流多奇节，记当初，春风浩荡，气光如电。
万里炎凉销骨⁽²⁾尽，一抹扶阳⁽³⁾哀彻。来路了，关河冰雪。
但向归途偷白昼，又何来，梦里不慷慨。三界影，一窗月。

丁酉三冬

注：（1）三生：佛教三生。（见前注）

（2）销骨：伤神而致痛彻入骨。唐孟郊《答韩愈李观别因献张徐州》："富别愁在颜，贫别愁销骨。"

（3）扶阳：湖南新宁县县城的旧称。

临江仙·长风在左看阴晴

两面青山茅复锁，桑田久废苏耕。

相逢见笑旧时人，鸡鸭冲我嚷，刀火起金城。

听浪甲庚如一梦，秋霜冬雪移青。

长风在左看阴晴，半畦新绿菜，功过与浮尘。

辛丑冬月

清平乐·雪

六出豪迈，耍尽平生派。

素裹滩舟时访戴⁽¹⁾，光景已然临界。

一阳拂袖浮云，归来拙眼见真。

欣看银沙玉宇，枯荷手把风春。

辛丑除夕

注：（1）戴：戴逵。《世说新语·任诞》：晋王徽之（子猷）居山阴，一日雪夜初霁，月色清朗，忽然思念居住在剡溪的戴逵（安道），随机乘小舟夜访，天亮时到达戴逵家门口，未进屋与其见面，又乘舟而返，同行问其故，曰："吾本乘兴而来，尽兴而归，何必见戴。"

水龙吟·登高遣怀

问秋何苦急冲，望乡岁去如醺酒。
遥岑送目，雾接霜冻，髻鬟青扣。
深处白云，传家耕读，桑田弱水。
一鞭出故里，允文允武，峥嵘露，宫商奏。

休话高天星久，瞬间光，一划潜首。
青梅煮酒，春秋几许，千弩⁽¹⁾酬否？
可喜流年，男儿碰撞，边锅风味！
鸱夷⁽²⁾逐大舸，家财三散，日出移韭。

乙酉金秋

注：（1）千弩：《宋史·河渠志》载，五代时吴越王钱镠曾在杭州候潮门外布置重兵，以强弩射潮，想止住潮水冲击，以便筑堤。
（2）鸱夷：范蠡自号鸱夷子皮。典出《史记·越王勾践世家》。唐杜牧《杜秋娘》："西子下姑苏，一舸逐鸱夷。"

逐甦集

江城子·重阳

鲲鹏展翅嗤轻狂，笑红尘，骂炎凉。
又向玉阶，摇九重天邦。
且要净仙庭浊浪，真教世，黯然伤。

今观鹏翼五色光，处何年，上鬓霜。
羽化鳞潜，会落木萧阳。
自去草堂清煮水，观日月，任来往。

癸巳三冬

词篇

西江月·梅

金岭[(1)] 皑皑盐海，夷江[(2)] 猎猎冰刀。
玉蝶半夜下池瑶，迷醉西川烟草。

鹊鸟枝头不见，牛羊酣抖虫毛。
一声清客笑初霄，飞雪火烧春早。

丁酉腊月

注：（1）金岭：湖南省新宁县金紫岭。
（2）夷江：扶夷江。（见前注）

西江月·赤壁怀古

长江诉说昼夜，正襟静坐千年。
东风赤壁不成眠，几个英雄安也？

数尾东吴鲈鱼，荆襄些许薄田。
春深铜雀锁几天！一画天开日月。

己卯仲夏

清平乐·还真

路中桥断，触目才春半。
网里鱼虾如麻乱，碧流依然江上。

忽闻云水清音，秋来岭上踏青。
更著一川风雨，滴滴点点还真。

辛丑中秋

西江月·桃花岛⁽¹⁾二曲

（一）

马跃青石古道，驴陷壁印蹄章。
繁花烟柳舞溪旁，神秀桃花岛上。

水色田园天外，夷江山巇牙樯。
莲蓬深处雪秋娘，好个镜湖气象。

己亥中秋

词篇

（二）

今觅千年古迹，敬侯正统⁽²⁾层楼。
武文莫过木码头⁽³⁾，岛上云海常有。

箸乱堡村菽乳，声翻马跃督邮。
一湖鱼米响金瓯，时载风流此就。

己亥中秋

注：（1）桃花岛：湖南省新宁县清江乡桃花村。该村东、南、西三面被扶夷江环抱。

（2）敬侯正统：敬侯：西汉夫夷敬侯刘义。正统：明正统十四年（1449），英宗欲在桃花村置县治。

（3）木码头：湖南省新宁县清江乡赤木码头。

清平乐·雪

松竹夜响，膏雨如麻乱。
珠散溪桥拂又满，絮坠花光枝上。

扑空一缕清风，天华玉宇通明。
黄狗几声山里，唤来两小天真。

戊子腊月

临江仙·除夕

守岁红堂逢笑火，围炉听雨春声。
夷江⁽¹⁾唤渡到三更，阶前丹凤舞，长夜草龙⁽²⁾行。

最是雄鸡浑唱遍，农家六畜殷勤。
稻花万顷酵佳庚，一壶开口笑，把盏待天明。

庚子除夕

注：（1）夷江：湖南省新宁县扶夷江。
（2）草龙：一种用稻草结环编织而成的龙。

临江仙·珠海望潮

一剑挑杯初醉，醒来尝尽人生。
门前冷暖入清音，芭蕉火烤瘦，蕊梅雪飘吟。

大笑此身独我，三千失意缤纷。
白云入洞问青灯，雨风锅里煮，上下⁽¹⁾看潮平。

戊子初冬

注：（1）上下：上下天光。位于珠海市香洲区九洲大道西南浦圆
明新园景区内。

临江仙·品祖宅丹桂

眼里浮云西去，归来已是花黄。
堂前碧桂醉骄阳，孩提几多事，今日却味长。

竹喷黄牛背上，五更窗下寒凉。
前年春事笑斜阳，天边明月在，丹桂可余香？

庚寅金秋

浪淘沙·生辰遣兴

杜岭⁽¹⁾画眉长，把酒新江⁽²⁾。
牛山⁽³⁾意晚问心酸，白发西风身自昂，塞雁来妨。

纱帽午来霜，大醉厅堂。
无心应物善时宽，火种陶菊空蕙帐⁽⁴⁾，叶落山响。

癸巳金秋

注：（1）杜岭：山名。（见前注）
（2）新江：新寨河。
（3）牛山：山名，在今山东省淄博市。春秋时齐景公泣牛山。
（4）蕙帐：用蕙草做成的帐子。南朝齐孔稚珪文："蕙帐空兮夜鹤
怨，山人去兮晓猿惊。"

西江月·游纱帽山⁽¹⁾

夜半松针垂露，清溪冷月风亭。
三更草木望青云，可叹水中成影。

问取一湾弱水，征袍何日洗清。
响弦空有落雁声，路转溪桥梦醒。

甲午初秋

注：（1）纱帽山：位于湖南省新宁县金石镇东南郊。

清平乐·遣兴

龙孙渐老，春去知多少。
风落百花闲不扫，桑榆吾家残照。

刚日杜岭⁽¹⁾观尘，柔日浊酒银村⁽²⁾。
清夜半弯明月，往来一画乾坤。

乙未金秋

注：
（1）杜岭：见前注。
（2）银村：湖南新宁金石镇柳山村银塘湾。

西江月·雨打梨花才见

晨舞铁枪一杆，午兜冷月圆缺。
蹉跎岁月柳残烟，心物⁽¹⁾轻狂一片。

十载鸡窗⁽²⁾天上，八冠大梦台前。
常行日用练真铅，雨打梨花才见。

庚子金秋

注：（1）心物：心物一元。

（2）鸡窗：相传晋宋处宗得一长鸣鸡，置笼窗间，遂作人语，与处宗谈论极有玄致。

西江月·惯看阳光天气

醉醒何由他物，风光却在迷离。
白花飞絮染人衣，尝尽人间一季。

不必偷活求运，何妨鼎里相欺。
无心无色是真基，惯看阳光天气。

庚子金秋

西江月·破看青烟瓦鼎

壁上龙孙⁽¹⁾渐老，梢头豆蔻初新。
你来我往问真真，何在局中不醒。

万重云山断续，无妨大道前行。
一溪绿水月分明。破看青烟瓦鼎。

庚子金秋

注：（1）龙孙：笋的别称。僧赞宁《笋谱》："俗闻呼笋为龙孙。"宋梅尧臣《韩持国遗洛笋》："龙孙春吐一尺牙，紫锦包玉离泥沙。"

西江月·还我真形入戏

云路总逐风雨，何劳枕梦曹溪⁽¹⁾。
闲来昨日捡骢蹄，抖落一杯谜底。

真假皆由物应，炎凉只在心持。
本来识取晚专一，还我真形入戏。

庚子金秋

注：（1）曹溪：水名。位于广东省曲江县（今曲江区）东南双峰山下。

西江月·白云寺⁽¹⁾

昔日龙潭虎穴，而今兰若⁽²⁾经台。
千秋屈兕道何哉！只有铁屑无碍。

且问庭前桑树，何时舞榭蛛裁。
山门沉月法眼开，今古青云常在。

戊寅金秋

注：（1）白云寺：原名白面寨。位于中国丹霞地貌崀山风景名胜
区八角寨景区内，三面环山，关隘狭窄，古时军事要塞。先后有杨再兴、

石达开、雷再浩等历代名将和农民起义领袖在此安营扎寨，后改寨为寺。

（2）兰若：寺院的别称。

陇头月·人去身留

草岸红楼，条条世路，应理如钩。早晚寒蝉，困人花底，蝶梦何休。

行来一棹瞥丘，陇头月，光阳渐收。日送青云，金丹夜守，人去身留。

庚子重阳

阮郎归·月耕

莺时娇蕊醉相扶，榴花恨不如。九秋奔泻日将晡，三冬清夜租。

云在左，榻风酥，鸡鸣月下锄。衡阳一字去来呼，何言今负初。

庚子季春

阮郎归·锹耕

潇湘风雨送蜂衙，竹篱三两家。细数流萤问昏鸦，红泥煮绿茶。

山下土，手中耙，东东吊苦瓜。井边对月饮龙鳞，壁间赏菜花。

庚子寒月

少年游·斗水

洪荒一夜漫桥头，连雨洗新钩。丘丘淹翠，径径石滚，青瓦罩深幽。

鸡鸣网斗夜来水，陶令可曾游。筛浪西溪，腰间鱼篓，尾尾笑中收。

辛丑季夏

忆江南·崀山⁽¹⁾（六首）

（一）

崀山好，四季景如花。日夜夷江脱烈马，经年雨雾染丹霞，风月凉桑麻。

（二）

崀山好，皓月盏杯高。眼镜公鸡⁽²⁾浇沽酒，夷江虾崽捣丹椒，小吃满街桥。

（三）

崀山好，绿酒⁽³⁾孕虚竹。豆腐清香飘万里，蕨粑初软响牖户，橘柚齐园出。

（四）

崀山好，碧水木兰舟。窄袖罗衣划棹女，短箫腰鼓寨家妪，逆桨打潮头。

（五）

崀山好，倩女抖新妆。细雨繁花秀佳丽，蛮腰弱柳赛秋娘，竞看凤求凰。

还甦集

（六）

崀山好，端午看龙舟。一片船歌出日夜，忽然击棹起中流，来往人不归。

注：（1）崀山：中国丹霞地貌崀山风景名胜区。（详见后注）

（2）眼镜公鸡：眼镜：湖南新宁回龙镇眼镜土鸡店。该店炒的公鸡味道鲜美，可口异常，名动四方。

（3）绿酒：崀山农家自制酒。头年窖酒，次年龙孙脱衣时，以针注酒入腹，隔年锯竹而贾。

词篇

诗篇

上井冈山

春秋星火照罗冈，漫道雄关话梓桑。
倒下身骨成气脉，泥沙洗尽见脊梁。

辛巳初夏

黄河

玉入秦关五色流，雷霆日夜贯春秋。
生来一道玄黄脉，四海河山定午洲。

辛丑仲夏

七一遣怀

南湖一划火星光，十月春雷泻日芒。
百载征程重始处，长帆挂起问流觞。

辛丑七一

扶贫

万马千军列镇村，神州三四⁽¹⁾话扶贫。
千家冷暖全吞下，于此三农⁽²⁾日异新。

庚子三冬

注：（1）三四：34年。扶贫开发始于1986年，至2020年已有34年。
（2）三农：农民、农村、农业。

上教师节

和风细雨润无声，桃李吹开日渐新。
时有金黄归净土，初心不改照来人。

丁酉师节

题桃花村扶贫

桃花日照彩云开，新政扶贫老少来。
精准攻坚农事紧，引来活水绕花宅。

庚子中秋

简天问一号⁽¹⁾

七洲风雷哪开声，华夏江山代有人。

天问着乌俗客到，火星自此有同寅。

辛丑初夏

注：（1）天问一号：天问一号火星探测器。2020年7月23日发射升空，2021年5月15日成功着陆于火星乌托邦平原南部预选着陆区，我国首次火星探测任务取得圆满成功。

将军石⁽¹⁾

万载兵戎入崀山，雄征崀笏第一关。

千秋大义为民死，立壁成雕日不还。

戊子金秋

注：（1）将军石：中国丹霞地貌崀山风景名胜区扶夷江景区八大景点之一，又名崀笏朝天。相传舜帝南巡，见南方盗匪为乱，民命不堪。遂令随行一大将镇守蛮疆，平定战事。历时数年，将军荡平匪患。后于扶夷江畔河家湾东岸羽化登仙，留下一石身（即今将军石），高耸百余米，如一位威风凛凛的古代将军，神情威严，身上石缝纵横有致，绝似披上满身盔甲，远观又如朝臣觐见皇帝的笏板，直指天门，雄伟壮观。

龙头香⁽¹⁾

丹霞直挂三千丈，绝壁凌空卧石梁。
几处江山收在眼，厌平历尽境忽宽。

庚寅仲夏

注：（1）龙头香：又名麻姑香。崀山风景名胜区八角寨顶东北面绝壁之上，云台寺北面有一石角，从绝壁前伸五十余米，昂首翘立，有如龙头，其末端近一平方米的石面上建有一小庙，该庙三面悬空，从峰顶由一条宽仅四十厘米的龙脊石道可以通往，前去进香须历尽坎坷，所焚之香谓龙头香。

紫花坪⁽¹⁾

鸟入空山色似烟，丹霞飞起露花燃。
归来拈蕊人间嗅，枝上遗魂问岁年。

庚辰金秋

注：（1）紫花坪：湖南省新宁县舜皇山紫花坪。因一年四季开满紫色的杜鹃花而得名。

美女晒羞⁽¹⁾

云雨初来如梦幻，星河午夜满弓张。
才呈甘露酥白藕，忽举霞光照裸妆。

丁亥季春

注：（1）美女晒羞：又名美女峰。位于湖南省新宁县舜皇山峰顶，该峰常年云雾缠绕，缥缈若仙境，远眺近观，形如一美女裸坐瑶台，仪态万方栩栩如生。

美女梳头⁽¹⁾

朝戴皇冠夜入秋，空持幽梦付东流。
人梳奁镜风梳水，弱水三千止不休。

辛巳金秋

注：（1）美女梳头：中国丹霞地貌崀山风景名胜区著名景点之一。相传舜皇女儿出嫁时，尧帝赠嫁妆一套，途中梳妆台失落扶夷江金家湾，日久羽化成石，常见一美女在台前梳妆，世人便把这座石台称为美女梳头。

石幕扁舟⁽¹⁾

桨开石幕月邀游，水泛瓜瓢我伴鸥。
几度清风梳瘦影，蛩摧蝉退卧扁舟。

壬辰仲春

注：（1）石幕扁舟：中国丹霞地貌崀山风景名胜区十八古景之一，位于县城东北郊。

题放生阁⁽¹⁾

江阁水绕万年门，殿下生灵度玉针。
三片鳞甲煎净水⁽²⁾，八方信士入清音。

辛丑季春

注：（1）放生阁：又名放生晚眺。中国丹霞地貌崀山风景名胜区扶夷江景区著名景点之一。

（2）三片鳞甲煎净水：相传梨头湾绝壁上原筑有一凉亭，有母子二人在此居住，年冬母病，想吃鱼，子卧冰得鱼，待剖鱼泪，母知，命儿取三片鳞甲煮水喝，将鱼放生，时县令得知，遂改亭为阁，命为"放生阁"。

题金岭神泉⁽¹⁾

金岭白云入洞闲，天开活眼涌真铅。
松间日月钵中在，客到孤峰四季鲜。

癸巳仲春

注：（1）金岭神泉：湖南新宁金紫岭峰顶有一巨石，光滑如镜，石中生一泉眼，眼中流泉，经年不断，取之不尽，弃之不溢，人称神泉。

骆驼峰⁽¹⁾

四峰藏巧计何年，塞外飞来问大千。
天地无形潜象际，神驼背月醉石田。

庚子金秋

注：（1）骆驼峰：中国丹霞地貌崀山风景名胜区辣椒峰景区主要景点之一。由四座巨石组成，石峰三面陡崖，有两处凹陷，恰好将石峰分为骆驼头、峰、尾。陡崖凹槽起伏，勾勒出骆驼的肌肉，远观恰是一巨大的骆驼。

诗篇

蜡烛峰⁽¹⁾

雄峰壁立倚天惊，霸柱撑霄入世荣。
大相无形潜造作，蜡烛练彩照空明。

己卯中秋

注：（1）蜡烛峰：中国丹霞地貌崀山风景名胜区辣椒峰景区主要景点之一。与骆驼峰遥相辉映，峰顶尖圆，四面陡崖，形似一支蜡烛，气势恢宏，挺拔巍峨，是丹霞地貌少有的奇特景观。

令箭石⁽¹⁾

满月轻尘母业抛，夷江踏马著弓调。
风流千载流星后，箭入烛峰耸碧霄。

癸未三冬

注：（1）令箭石：中国丹霞地貌崀山风景名胜区辣椒峰景区主要景点之一。蜡烛峰东北面陡崖高二百米，约七十米高处，有一宽拳头大小的裂缝，分离出一块根部相连、岩体分开的巨石，顶端呈三角形，上大下小，酷似古代令箭，俗称令箭石。

遇仙桥⁽¹⁾

半踏流云入崀山，遇仙桥上只身还。
清风送我追星月，却嶂天一锁道关。

庚子三秋

注：（1）遇仙桥：中国丹霞地貌崀山风景名胜区天一巷景区主要景点之一。

诗篇

石棺⁽¹⁾

无语青山添一景，钟灵兆墓抵桥生。
功德万代谁称颂，合上石棺再论名。

癸未初冬

注：（1）石棺：崀山风景名胜区天生桥下有一石棺，底盖分开，尤似出土文物，令人叹为观止，现已成为天生桥景区主要景点。

米筛寨⁽¹⁾

骤雨时来打野窝，滴漏不盖水如泼。
低头但见天边月，只在米筛心眼多。

甲申仲春

注：（1）米筛寨：中国丹霞地貌崀山风景名胜区天生桥景区主要
景点之一。

白面寨⁽¹⁾

冰封四季寨门白，素裹七山一鉴开。
今忆翼王当下事，银河倒泻破冰来。

庚子仲夏

注：（1）白面寨：中国丹霞地貌崀山风景名胜区天生桥景区主要
景点之一。系石田到八角寨的一大侧峰，山岩均呈银灰色，植皮以开白
花的植物为主，远望银光闪闪，熠熠生辉，因而得名。先后有杨再兴、
石达开在此安营扎寨。

红华赤壁⁽¹⁾

红华野火漫苍穹，赤壁篷船并夜空。
画展两朝皆象数，丹霞奠礼祭曹公。

巳卯季春

注：（1）红华赤壁：中国丹霞地貌崀山风景名胜区紫霞峒景区主要景点之一。位于紫霞宫背面红华山上，此山东南前有一悬崖绝壁，长700多米，均高100多米，崖壁赤红如火，绵荡雄壮，凌空飞挂，夺人心魄，故名红华赤壁。

花渡⁽¹⁾

满山七色生烟火，两岸春风剪碧萝。
花渡王家无处觅，客留无日晒渔蓑。

乙亥初春

注：（1）花渡：花渡春风。崀山风景名胜区十二古景之一。位于王家渡口一带。

下马石⁽¹⁾

朝驰晓月道东行，暮到西营事必亲。
时望青骢来时路，空留世上下马身。

庚子金秋

注：（1）下马石：地名，位于湖南新宁金石镇下马石村。相传古时有一位将军驻守此地，他每天天不亮就起床跑马，遇人下马作揖，然后再上马跑马。士兵见他天天如此，就在他经常上下马的地方砌了个台阶供他上下马。后人便把此处叫下马石。

还甦集

玉女岩⁽¹⁾

玉女湖边坐玉人，闲听门外往来声。
生得一个仙神洞，落入风尘照水清。

壬辰初夏

注：（1）玉女岩：位于湖南省新宁县水庙镇三塘村。岩内鬼斧神工，气象万千，"玉女湖"水势浩大，无源无踪，湖畔有一奇巧天成的"玉女"石像，头挽高髻，身披蝉衣，蜂腰肥臀，婀娜多姿。玉女岩由此得名。

玉泉寺⁽¹⁾

昼夜夷江绕玉楼，归人雨外系兰舟。
涤尘晓露风吹落，借盏青灯看晚秋。

丁子金秋

注：（1）玉泉寺：位于崀山风景名胜区玉泉山上。始建于1703年，1987年重修。

晴岚寺⁽¹⁾

九曲扶松步信风，天光云影泻长虹。
蓬莱梦境神游此，上仰晴岚叹半空。

甲午初夏

注：（1）晴岚寺：位于湖南省新宁县麻林乡万峰山上。值晴云风轻，樵夫香客，络绎其路，无限风光，尽在其中。

崀山大道⁽¹⁾

青山常忆旧年香，绿水犹思去岁凉。
今日千家连大道，围棋十里代谁宽！

庚寅三冬

注：（1）崀山大道：位于湖南省新宁县县城西北郊。起点金石镇松风亭村，终点为崀山北大门，全长十公里。

梳椤江⁽¹⁾二首

（一）

千山叠翠隘关开，一夜飞花过九垓。
白雪常留潭月上，风吹烟火卷高台。

辛巳仲春

（二）

修竹迎客涧边生，动影风声四季明。
今日如何悲不住，依约是在祭湘君⁽²⁾。

辛巳仲春

注：（1）沙椤江：位于湖南省新宁县舜皇山一公里陡坡处，因这里生满树蕨"桫椤"而得名。

（2）湘君：亦称湘灵。相传舜帝南巡，娥皇、女英曾随其泛舟桫椤江。后溺于湘水，成为湘水女神，后世称湘君、湘夫人。

拜江忠源墓⁽¹⁾

饮马扬鞭抖胄甲，如驹壮士跃白沙。
庐州⁽²⁾忍看熔钢鼎，只叹枭雄战起家。

丁酉初冬

注：（1）江忠源：字常孺，号岷樵，湖南新宁人。清嘉庆十七年（1812）生，道光二十七年办团练，会清军剿杀党会，太平天国运动暴发后奉调赴广西征讨太平军，咸丰二年（1852）于广西全州蓑衣渡大败太平天国军，一战成名。咸丰三年（1853）十二月在固守安徽庐州城时被太平军攻破，自坠古潭而亡。其墓葬于湖南崀山石田凤形山上。

（2）庐州：安徽庐州。

游纱帽山⁽¹⁾

芙蓉遥望照山明，峰隘欣观鬼怪惊。
纱帽风吹一日落，清溪渡月影波平。

丙申冬月

注：（1）纱帽山：山名。位于湖南省新宁县原水头乡。

柳岸长堤⁽¹⁾

乍试余寒碧水涨，寻得棹楫匿垂杨。
夹江灯火同梅闹，丹鹤梳白带岸香。

丁酉初春

注：（1）柳岸长堤：又名平沙柳岸。位于新宁县金石镇白公渡下游中沙洲一带。

拜郑氏⁽¹⁾祖宅

人闹沙沉草木生，修竹烂瓦冷金门。
一朝楚勇逐浪去，不见归来柳麒麟。

乙未季春

注：（1）郑氏：郑金华，原名郑长惠，湖南新宁金石镇柳山村第十七代祖。因征剿太平天国及会党有功，清钦赐花翎提督，劲勇巴努图。封御林军总教头，慈禧太后带刀侍卫。

过烟村古道⁽¹⁾

古道扬鞭踏海涯，蹄声惊落四时花。
归云一去来无际，客路跎行到日斜。

戊寅金秋

注：（1）烟村古道：位于湖南省新宁县原烟村乡轿顶山上。古时
是连滇黔、通湘粤的交通枢纽。

牛鼻寨⁽¹⁾

仰望牛鼻过客惊，铁戈枕旦驻兵营。
金城烽火连边月，莫动旗门半缕缨。

辛卯中秋

注：（1）牛鼻寨：中国丹霞地貌崀山风景名胜区原牛鼻寨景区主
要景点。古寨坐落在牛牯绝壁之上，仅一条小道可上，悬崖洞长约百米，
可屯兵数百，古时军事要塞。

游五里圳⁽¹⁾

半开素壁镜中明，五里旁山一水清。

两岸香花随季落，千年古柳话太平⁽²⁾。

丙申三冬

注：（1）五里圳：位于湖南省新宁县水庙镇到飞仙桥乡。由明代绅士唐宏捐资兴建，圳路合一，一山对开。新寨河顺谷穿引，宛如姐妹互述衷肠。1853年刘长佑、郑金华在此大战太平天国军。

（2）太平：太平天国军。

辣椒峰⁽¹⁾

何时长在绿山中，忠勇一门烈性同。

不怕倾情千刃砍，晚烧武火照长空。

戊子初秋

注：（1）辣椒峰：位于中国丹霞地貌崀山风景名胜区石田佛顶山上，凌空突兀，高耸入云。石顶周长一百米，石脚周长四十米，赤红色沙粒包裹全身，远观活像一只大辣椒，因而得名。

金鞭溪⁽¹⁾

云根漏玉跳珠花，水里松风掠日斜。
最喜金鞭溪底月，舀来一碗照耕家。

丙申元旦

注：（1）金鞭溪：中国丹霞地貌崀山风景区天生桥景区著名景点。

层崖瀑布⁽¹⁾

天开素壁一帘挂，倒泻银河坠碧纱。
白水翻飞十里外，风飘玉带染流霞。

乙未仲春

注：（1）层崖瀑布：中国丹霞地貌崀山风景名胜区扶夷江景区
十八古景之一。位于县城东郊。

过马跃岭古道⁽¹⁾

连江古道锁春秋，山掩牙樯水墨流。
昨夜桃花风吹去，一瓢泡水煮乡愁。

己亥中秋

注：（1）马跃岭古道：位于湖南省新宁县清江乡桃花村。始建于
西汉夫夷敬侯刘义，是连接滇黔湘粤的交通枢纽。

吟桃花⁽¹⁾

青峰马跃著芳名，莫道怡红染世尘。
日夜桃花今古在，桃花日夜古今人。

己亥中秋

注：（1）桃花：湖南新宁桃花村。公元1122年，苗畜医蓝常思带
着女儿蓝桃花来到此地（今桃花村马跃岭）为杨再兴负责医马，蓝常思
死后，女承父业。1140年5月8日，蓝桃花在紫云山采药坠崖身亡，后
当地人为了纪念这位乐善好施的姑娘，便把该地取名为桃花村，村名沿
用至今，从未更改。

题桃花村诗二首⁽¹⁾

（一）

水陆归来叹墨青，初开日月照银屏。
斜阳烟柳迷村舍，一树桃花话古今。

己亥中秋

（二）

桃花巷里醉邱生，线柳飞絮月伴行。
待到鸭梨争雪树，香尘可是看得清。

己亥中秋

注：（1）桃花村：湖南省新宁县清江乡桃花村。

马蹄石诗二首⁽¹⁾

（一）

驱驰南北再兴家⁽²⁾，多是横戈日影斜。
汗血更催常饮苦，山崖跃马印蹄花。

己亥中秋

诗篇

- 051 -

（二）

八仙过海到余家，醉看风光日影斜。
人问真言无一字，倒打毛驴印蹄花。

己亥中秋

注：（1）马蹄石：位于湖南省新宁县清江乡桃花村马跃岭上，在面向扶夷江的悬崖上，有一块悬空前伸的石头，石面坎有一个栩栩如生的蹄印，相传是杨再兴当年驯马时留下的。

（2）再兴：杨再兴。南宋抗金名将。

咏堡口豆腐二首[1]

（一）

磨砻流玉堡泉出，手把青白化雪珠。
若想知得香乳味，银箸莫舀骆羊酥。

己亥中秋

（二）

出匣奶骆花生雪，堡口凝脂煮碧泉。
千古淮王无处觅[2]，霜刀入室见真传。

己亥中秋

注：（1）堡口豆腐：专指用堡口乡堡口村堡口码头的井水磨制而

成的豆腐，其以细、嫩、绵、滑而享誉三湘四水。

（2）淮王：汉淮南王刘安。其为求长生不老之术，在安徽寿县八公山以黄豆、盐卤等物炼丹，无意中炼出了豆腐。

品桃花米酒二首

（一）

桃花米酒溢江皋，入口三分也概豪。
半碗沧桑常快意，胸中涌浪化惊涛。

己亥中秋

（二）

桃花米酒故人倾，醪盏临江落叶横。
回首谁得春色在，高低一碗自成春。

己亥中秋

夜游桃花岛⁽¹⁾

风磨镜面烟开碧，雪月香花玉一堤。
买断今宵湖里酒，迷瞪渔火醉晨曦。

己亥中秋

注：（1）桃花岛：桃花村。（详见前注）

鲶鱼塘诗二首⁽¹⁾

（一）

月照瑶台境界宽，风春玉女醉鲶塘。
千丛水草栖丹鹭，一路黄桃带岸香。

己亥中秋

（二）

问闺何意在鲶塘，终是冰心弱鉴光。
唤起沉鱼来夜雨，惊回春梦待真郎。

己亥中秋

注：（1）鲶鱼塘：湖南省新宁县清江乡桃花村鲶鱼塘。相传玉帝带着小龙女游桃花岛，小龙女为山水所迷，与玉帝走散，玉帝命观音将其找回，小龙女见了观音，便抓了条鲶鱼沉入水底，后人将小龙女沉水之处称"鲶鱼塘"。

淹水岩⁽¹⁾

玉露时酥镜里台，天行宝地水中开。
寒蝉几垄寻真景，青鸟三更应景来。

己亥中秋

注：（1）淹水岩：位于湖南省新宁县清江乡桃花村江岸边。淹水岩有一块平整的青石临空跃伸于江面之上，相传石尖指水处便是"水开莲花"的风水宝地，谁能在水开莲花时葬得此地，便可"七星下桃花，葬下中探花"。

香炉石⁽¹⁾

马跃山前雀鸟耕，花残水岸起更行。
香炉沓纸连石祭，一鼎三乘岛上清。

己亥中秋

注：（1）香炉石：位于湖南省新宁县清江乡桃花村后山上。相传舜帝南巡曾在此开坛祭典，史称"香炉石"。

过桃花渡口

天开素壁绕沙洲，桨影涛声岁月流。
半落樯帆多笑我，桃花彼岸蚁如牛。

己亥中秋

偈友人

　　庚子寒月，余与先生五人，从光辉深衣地，观之，忽记夷江虚文，乃管[1]。

　　　　铁舟五友下黄龙，踏水依山认壁嵩。
　　　　今古夷江虚字语，偏生此地见真雄。
　　　　　　　　　　　　　　　　　　　庚子寒月

　　注：（1）管：管城子。典出《全唐文·卷五百六十七·韩愈二十一·毛颖传》。

题石床[1]

　　　　水绿石床两岸青，裁枝斗挂九天星。
　　　　大杯小盏何言醉，此夜疑云到帝庭。
　　　　　　　　　　　　　　　　　　　庚子寒月

　　注：（1）石床：湖南省新宁县黄龙镇石泥村的小名。

品石床红橙

珠挂金枝碧水寒，牛车村路闹双滩。
摘来本日星酥手，舌口得及玉不干。

庚子寒月

石床行

江风山雨醉琼花，雪鸟寒衣戏水沙。
赤脚香泥酥岁月，轻舟问客载烟霞。

庚子寒月

诗篇

香塘赏荷 [1]

娉婷莲叶溢清香，时引群蛙对鼓忙。
一曲未终人已醉，千罗照水斗新妆。

戊戌季春

注：（1）香塘：湖南省新宁县清江乡香塘村。

蓑衣渡二首⁽¹⁾

（一）

惊涛不起泛涟漪，渡口苍茫问晚曦。
兵马沉沙悲逝水，清流浪里认征鼙！

乙未仲夏

（二）

蓑衣水火太平师⁽²⁾，江上兵甲跃马迟。
壮士刀枪谁是可，沉船冷月自相知。

乙未仲夏

注：（1）蓑衣渡：见前注。
（2）太平师：太平天国军队。

中房小学⁽¹⁾寻古

碎瓦空庭望翳然，江淹欲问柳残烟。⁽²⁾
今观壁上文章处，得道经书有几篇！

己亥仲夏

注：（1）中房小学：位于湖南省新宁县高桥镇中房村。

（2）江淹（444—505）：字文通，宋州济阳考城（今河南商丘民权县程庄镇江集村）人，南朝政治家、文学家。历仕宋、齐、梁三朝。

题雁门关

胡山万里霭烟间，封土天合第一关。
飞雪黄沙催大雁，青云千载日无还。

庚子季夏

拜袁隆平院士三首

（一）

照夜扬蹄踏楚天，南优⁽¹⁾问世醉薄田。
人间唯有餐盘大，一稻慈天万载筵。

辛丑初夏

（二）

手心碗筷眼中天，四海仓足笑九泉。
陨落谷星惊大矩⁽²⁾，神农归位若耕先。

辛丑初夏

（三）

青田不老是年开，三系⁽³⁾禾菽故后栽。
成谶一言托旧梦⁽⁴⁾，初心无改去还来。

辛丑初夏

注：（1）南优：南优二号。1974年袁隆平院士育成的第一个杂交水稻强优组合。

（2）大矩：古人认为天圆地方，故称地为大矩。

（3）三系：袁隆平院士发明的"三系法"籼型杂交水稻，他还成功研制出"二系法"杂交水稻，创建了超级杂交稻技术体系。

（4）旧梦：袁隆平院士生前有两个梦想：一是禾下乘凉；一是杂交水稻覆盖全球。

问耕

马炮平溪鬼怪惊，清流带月怕沟行。
斜阳草舍迷归路，遥指篱笆问里程。

己亥生辰

请耕

青云万里曲如钩，蝉退雄兵一夜收。
蚁郡楼头重请战，成尘石土看枪回。

己亥生辰

春耕

风过青壑落玉浆，湿沾粒土一山香。
时苏岭下陶巾菜，偷夜青藤上矮墙。

己亥三春

夏耕

杜岭⁽¹⁾一洼菜未收，合心要把绿苗留。
连天辣日随尘下，一担清流醉瘦鸥。

己亥仲夏

注：（1）杜岭：杜家岭。位于湖南省新宁县县城西南郊。

诗篇

秋耕

行将车马付蝉声，破土开石鹊相迎。
小枕苍烟同鸟语，一溪瓜果盖流云。

己亥季秋

冬耕

郊园先染露中霜，护土培根日夜忙。
隔月梅花深雪裹，一畦冻雨溢清香。

己亥三冬

定耕

移茄种豆醉夕阳，一缕晨曦照晚妆。
此去桃源依故祖，从今万事与锄商。

庚子三春

虚耕

杜岭山前细雨多，云开叠嶂剪金波。
于中虚度山和水，月满空谷入棹歌。

庚子仲夏

心耕

刀耕垄上夜光明，惊起黄莺杜岭轻。
夕露沾衣方欲去，一锄落月问心程。

庚子金秋

敲耕

乌云欲锁榻边蒿，卧看青黄解寂寥。
昨日输赢浑不管，丘山那耐一锄敲。

庚子季夏

陪耕

茅檐那奈雨急淋，农父兴欣翠绿深。
烂耜何堪霄下立，且陪太岁守三心⁽¹⁾。

庚子三冬

注：（1）三心：心即星。商星、火星、鹑星，为二十八星宿之一。
苏轼《次韵郑介夫二首》："长庚到晓空陪月，太岁今年合守心。"

误耕

时来午雨打青罗，瓜果椒菽日面酡。
花落花开无觅处，清辉误踏问金科。

戊戌金秋

待耕

山泉入口近春犁，世路藏行见狗鸡。
却笑人间多诡狯，留坡微翠等吾期。

戊戌中秋

靠耕

择日开山拜古人，仙源欲问试三津⁽¹⁾。
寒蝉不见瑶池路，借个槎桠靠老身。

戊戌生辰

注：（1）三津：扶夷江、新江、新寨河。

真耕

山上无风起鹤声，畦中云去展春耕。
闲锄落处赊余力，土里无根始见真。

戊戌三春

正耕

锄尽青黄苦辣天，方移丹桂臭榴莲。
相逢枯影竹篱下，正果无花洛水⁽¹⁾边。

戊戌中秋

注：（1）洛水：洛河。

醉耕

正日蔬花惹眼开，渠侬只倩素心裁。
参差大小浑无意，早晚一园自醉哉。

戊戌中秋

还耕

一湾碧水起龙鳞，试看犁铧再入津。
铲土西郊归埒马，回头未减幼时真。

戊戌季春

明耕

征袍已送半生去，破土才将四象留。
唤起流莺同袖舞，天催蝉退以明秋。

辛丑中秋

归耕

频开秋雨晚风疏，镜里青鸾过客无。
此去何须人共语，归来独荷月中锄。

庚子季夏

还甦集

花耕

入夜春风剪画枝，平明踏晓尽新诗。
满园七色生烟火，几处清流漱柳迟。

庚子仲春

迟耕

只因种菜关年事，久矣如今是几时。
闻道东风隔夜过，醒来锄草可来迟。

庚子仲春

神耕

半岭青葱入夜鼾，一骑来去再休谈。
西园已是无尘土，只有蔬花一二三。

庚子仲春

酒耕

小园独饮自悠哉，清气忽从盏底来。
借问今宵何处有，一杯深浅口常开。

辛丑初夏

习耕

银锄闹岁古今新，抖尽尘埃始见真。
今日一园山水气，习得文武两无成。

辛丑仲夏

入耕

双足深浅遍郊园，锄豆移瓜岁五千。
更借秋风一夜雨，青山洗尽入云烟。

辛丑中秋

袖耕

小园清景醉邱生，笑指西瓜问路程。
上下来回皆看遍，高低只在袖中寻。

辛丑中秋

无耕

寒月江风过草门，满园寂寞少人行。
半岭青葱忽不见，踪影来无去莫惊。

辛丑金秋

桑耕

杜岭春余百草馨，潮红两线岸边生。
谁种繁花潘岳县⁽¹⁾，畅游篱上问桑英。

己亥季春

注：（1）潘岳县：潘岳，潘安也，西晋河南人。其任河阳县令时，鼓励百姓遍种桃花，故河阳县有花县之称。

灾耕

急风唤雨入三津，⁽¹⁾闷雷开石裂土横。
浊浪不知畦菜苦，青黄漫卷盖蛙鸣。

己亥初夏

注：（1）三津：即扶夷江、新江、新寨河。

自耕

篱上珍珠打碧罗，丹邱瓜果笑清波。
妆成自不撩人看，任尔经年剩几何。

辛丑冬月

画耕

杜岭峰前水漫空，闲锄入土绿千丛。
竹篱半过邱家画，晚洒枝头一片红。

己亥季春

焚耕

一片红云绕岭飞，长锹不辍带霞回。
蔬花早晚生烟火，焚尽青纡不见灰。

己亥初夏

赏耕

枝头新绿夜来裁，小蕾深藏日未开。
风雨催更轻不吐，犁耙管教等成呆。

己亥初春

诗篇

回耕

岭上秋风惊大雁，归飞一字送昔年。
回来已是游魂地，忽见山径涌翠田。

庚子金秋

燃耕

铁锄飒飒雨凄凄，遥看夕烟水月迷。
谁向郊园怜病客，长风在左递燃犀⁽¹⁾。

庚子腊月

注：（1）燃犀：点燃犀牛角照水下之物。

呼耕

银锄漫舞种桑麻，闲看竹篱吊苦瓜。
拍手童子开笑我，时钟倒挂不着家。

庚子仲夏

秤耕

侬锄身价古无变，一季青黄一季钱。
命里须知轻重处，风云秤秤不沾先。

戊戌三冬

错耕

金风醉送扶阳客，山里玩锄不计年。
半岭冬瓜休语老，爬篱误入杏花天。

戊戌初夏

响耕

丹邱木耜名天下，杜岭寒鸡节鼓催。
谁懂归耕真本意，眉间电闪响惊雷。

戊戌仲夏

数耕

西园此去寄余身，四季扬锄扫雨尘。
今带蟾蜍石上坐，时钟不数醉光阴。

戊戌寒月

妙耕

杜岭清泉堪比酒，扶犁入口妙难收。
一年好景皆须此，六凿⁽¹⁾归来不上头。

辛丑初秋

注：（1）六凿：即喜、怒、哀、乐、爱、恶六情。苏轼《戏子由》："眼前勃谿何足道，处置六凿须天游。"

笑耕

闲锄碎土到高春，独卧西园枕晚松。
叶底珍珠同我醒，轻开笑脸惹霞红。

庚子三春

香耕

溪边蔬菜望秋娘，风雨一山倍感欢。
月轮动影回首醉，金辉万里紫园香。

庚子仲夏

了耕

入园睁眼四方浑，破土扶云长气神。
谁解老夫今日意，西山除却已无真。

戊戌三冬

见耕

乌啼月落老梧霜，水绕云凝蕙草床。
好雨开犁郊苑醉，扶阳画里见邱郎。

辛丑金秋

命耕

峰峦叠嶂已无路，木耜来回却见真。
命里谁识山水气，桂花十月不沾尘。

己亥寒月

反耕

杜岭金风暑未消，竹门深浅乱青苗。
飞霜哪日得时正，贪看冰花粉脸烧。

己亥金秋

邂耕

归日山中绿菜酥，金花吐露染仙图。
此身已邂流云卧，勒马江湖影不孤。

己亥金秋

坐耕

扶犁把火园中暗，去日低歌却见新。
归计哪知今夜有，篱笆月下坐真人。

辛丑生辰

与耕

冰花雪魂印山台，新蕊一湾水里开。
它日何妨共种落，清辉与我入蓬莱。

辛丑仲夏

化耕

主人荷水出畦路，泼洒干园满目酥。
且饮一瓢同汝醉，犁耙乘化季⁽¹⁾归吴。

辛丑季夏

注：（1）季：西晋季鹰，吴人张翰也。

也耕

一畦冬豆粉光生，星朵花白闹不争。
日里低头羞客见，竹边背立也精神。

辛丑金秋

品耕

欣看园中竹上菜，一锄小种四时栽。
人家此地无须有，我带清香下岭来。

辛丑季春

上耕

轻烟细雨草庐熏，小巧春姑剪翠裙。
一夜清香风里吐，朝开原上笑白云。

戊戌初夏

节耕

杜岭峰前卧菜园，一夵翠影玉屏喧。
何须山里乾坤闹，足食丰衣自有节。

戊戌三冬

迷耕

淖约八月入秋畦，面抹白霜眼点漆。
蟒首凝思扶巧笑，着人嫣语舞迷兮。

戊戌金秋

洗耕

入岭失羞洗漉巾，漉巾洗尽满山新。
红楼九五为遮面，入土闲锄早醉人。

庚子初春

邻耕

扶风捧肚卧云台，红豆东邻拂不开。
木架斜倚时向看，空谷花信送春来。

庚子仲春

酪耕

春晴花暖吐新娇，信步开园魄欲销。
满眼红云侵绿水，彩蝶草草过溪桥。

庚子季春

深耕

云笼明月近山城，早有霜风半夜吟。
碧水时来同我笑，幽幽世事入土深。

己亥季夏

任耕

银锄入土月秋多，冷雨时来打烂荷。
待到菡萏无叶处，枕边任尔兔如梭。

庚子初春

舜皇殿^{（1）}

竹杖芒鞋入寺来，青峰月下拜三台。
红楼尘苦得何扫，殿院山门锁自开。

壬辰金秋

注：（1）舜皇殿：位于湖南省新宁县舜皇山主峰。始建于宋代。

宿金珠灵山庵^{（1）}

诗
篇

寒鸡惊月觅青灯，千载灵山问老僧。
此夜今生心已尽，一钵斋饭卧清门。

甲午初夏

注：（1）金珠灵山庵：位于湖南省新宁县黄金乡和麻林乡交界的
山峰上。占地500平方米，两进结构，大殿由三间组成。

宿金龙庵⁽¹⁾

桑榆偷日到福地，根入玄门叩圣人。
清夜空传智药⁽²⁾计，晓来点水化纤尘。

癸巳金秋

注：（1）金龙庵：位于湖南省新宁县水庙镇江坪村。

（2）智药："智药三藏"，天竺人。南华寺创立者，光孝寺第三位开山鼻祖。

清风寺⁽¹⁾

冉冉佛陀应大风，⁽²⁾芸芸生众业无同。
关门净夜归来坐，坐到深时总是空。

乙未仲夏

注：（1）清风寺：位于湖南省新宁县高桥镇月塘村肖家山上。

（2）佛陀：我国四大菩萨分别对应土、水、风、火。此指普贤菩萨，大行，风示，种种风行十方，一切善能能行。

螺蛳庵⁽¹⁾

脚踏螺蛳观九列，花岗半仞锁梵宫。
临峰回首来时路，月下山门道几重。

癸巳季春

注：（1）螺蛳庵：位于湖南省新宁县高桥镇中房村一花冈山顶。
此处俗传为石碟九列之象，故而得名。

清莲寺⁽¹⁾

寻真莫不远尘埃，避世昙花近殿阁。
方外玄门何处有，高山水响见青莲。

乙未金秋

注：（1）清莲寺：位于湖南省新宁县靖位乡水响村。始建于康熙
四十八年（1709）。

义兴寺⁽¹⁾

义寺春秋化鸟蛩，穿竹冷月动山钟。
临阶一步来时事，尽在流云送晚风。

癸巳冬月

注：（1）义兴寺：位于湖南省新宁县万塘乡义兴村。

常春庵⁽¹⁾

臭肉生来恋绿红，春光幻眼苦西东。
心中何必怀个事，根在纤尘万物中。

乙未仲夏

注：（1）常春庵：位于湖南省新宁县一渡水镇拱桥村，原名天龙寺。

元夕

未及飞天⁽¹⁾成醉饮，河清海晏许耕耘。
犁耙一夜鱼蜂照，春入家门见几分。

壬寅元夕

注：（1）飞天：飞天茅台。

除夕

四气催新不夜天，青丝弹指计何年。
如烟岁月风吹过，留有来兮望雨闲。

辛丑除夕

题坐禅谷 ⁽¹⁾

素壁千寻九重天，何人在此见真颜。
登高一望参禅处，只见白云不见仙。

甲午初夏

注：（1）坐禅谷：位于河南省淅川县仓房镇西北部。因唐朝国师慧忠常带弟子在此坐禅而得名。现被誉为丹江明珠，仙境灵谷。

登泰山二首

(一)

白云东岳在车前，佛法千寻会道仙。
病起登高观日丽，一锄落月印耕年。

甲午生辰

(二)

经夜甘霖泰岳宁，尘霜飞起一山轻。
流云唤我人间去，遥指天阶问路程。

甲午生辰

衡山

经年旧事日常来，满把柴棘肚里栽。
今上衡山寻大道，问得几许锁心开。

甲戌初夏

华山

饮尽桑麻苦辣煎，方寻昨日本来千。
何时指落前尘事，瞥向全真借⁽¹⁾洞天。

乙亥初夏

注：（1）全真：全真教。

恒山

五关⁽¹⁾物应色为空，秋影云含野叟童。
残照天峰英落处，烽火正在有无中。

癸巳金秋

注：（1）五关：即倒马关、紫荆关、平型关、雁门关、宁武关。

嵩山二首

（一）

少林尚武引先河，千古明王剩几戈。
太室山前天柱在，律回⁽¹⁾何惧雪风磋。

癸巳金秋

（二）

偶上嵩山问练铅，同仁只道我登仙。
出尘已是空门晚，此去新罗⁽²⁾半窃闲。

癸巳金秋

注：（1）律回：指一年中的正月。古代以十二律吕与月份相对，"律回"表示新周期的开始，所以这里指的是一月。
（2）新罗：朝鲜半岛一国名。

自扰

三坟五典几家有，丘九八索世少修。
不是隋园留海口，何来赵翼借庭幽。

庚子中秋

还甦集

欣闻儿疾大愈

儿疾难将世药济，半甲倦榻两心期。
天罗一夜风吹散，忽报冰枝见日曦。

辛丑小年

简北京冬奥会玥宇⁽¹⁾冰舞

江山⁽²⁾千里续前缘，冰上飞刀许侣仙。
杏眼回眸天下醉，银河遗魄化双蝶。

壬寅初春

注：（1）玥宇：玥：王诗玥，宇：柳鑫宇。世界著名冰舞运动员。
（2）江山：2022年2月14日王诗玥、柳鑫宇穿的灵感于千里江山图的青山绿水式样的比赛服。

入定

方外繁花过眼非，风吹白草入泥肥。
流年此日如相问，可可便便⁽¹⁾笑一回。

庚子生辰

注：（1）便便：《后汉书·边韶传》："边孝先，腹便便。"

咏黄果树瀑布⁽¹⁾

虚空坠落甚堪豪，万缕千丝纺处高。
来日终成大海色，今裁半匹作新袍。

壬辰仲夏

注：（1）黄果树瀑布：古称白水河瀑布，亦名"黄果墅"瀑布，位于贵州省安顺市宁布依族苗族自治县。

题虎跑泉⁽¹⁾

泉开二虎⁽²⁾四时新，雪月风花见净淳。
过往红尘多少客，谁得真水煮乾坤。

丁亥初夏

注：（1）虎跑泉：浙江省杭州市大慈山白鹤虎跑泉。

（2）二虎：相传唐元和十四年（819）高僧寰中来到杭州市白鹤峰下，住了下来，后见此地无水，准备外迁，忽梦神仙曰："南岳有一童子泉，当遣二虎搬来。"第二天果见二虎跑（刨）地作穴，清泉随即流出，从此世上便有了虎跑泉。

咏锄

白云深处夜闻蛩，杜岭山前日看峰。
躲进柴门君莫笑，修为始信在锄中。

丙申中秋

咏松

梳罢流云看劲松，未争枯茂立三冬。
一朝丰满出谷壑，历尽风霜始见雄。

丙申中秋

诗篇

咏雪

晨曦大雪飞争早，尘土春秋满旧袍。
把酒今朝东岭上，杯中深浅任花飘。

戊戌初雪

上五四青年节百周年

百年五四雨风程，击浪学子洒血痕。
日月重光身早死，火星一点照船明。

己亥五四

题港珠澳大桥⁽¹⁾

瀚海腾龙笑鹭汀，飞桥御架过天庭。
零丁洋上繁星醉，三地从今日月新。

戊戌金秋

注：（1）港珠澳大桥：连接香港、珠海、澳门的跨海大桥。位于广东省珠江口伶仃洋海域内。2009年动工兴建，2018年开通运营。

上三八节

豆蔻梢头唤晓春，红巾嗅面肉骨匀。
风光今日谁过老，家计何时看母亲。

庚子三八

元日上孤寡老人

千门万户庆天慈，桑榆空巢物外知。
元夜剪花天亮后，三春又把寸辉迟。

戊子元日

巡考

黄阁⁽¹⁾欲望步青云，磨剑十年试一新。
万马千军桥上立，华山一道痛门人。

庚寅初秋

注：（1）黄阁：汉代丞相、太尉和以后公官署厅门涂黄色，以区别天子，唐门下亦称黄阁。唐钱起《送张员外出牧岳州》："自怜黄阁知音在，不厌彤幨出守频。"

诗论之一

绝律从来意是本，阳春下里⁽¹⁾要躬行。
九州自有英豪在，何必乌鸦唱小生⁽²⁾。

戊戌仲夏

注：（1）阳春下里：阳春，阳春白雪。下里，下里巴人。
（2）小生：传统戏曲角色行当之一。

拜南怀瑾书院[1]

读罢四书看五经，堂前一跪拜真人。
方知入室国学少，无那出门觅慧根。

己亥仲夏

注：（1）南怀瑾书院：位于浙江省温州市瓯海区三垟湿地五福源公园内。

上师尊[1]二首

（一）

不弃从人入二中，[2]成荫待看几时红。
师门但有恩如月，常照千山半世空。

庚子冬月

（二）

书剑泼虹笑楚天，黉门授业负青田。

江山故土空怅望，可否重来站杏⁽³⁾边。

辛卯冬月

注：（1）师尊：恩师申生龙。湖南省武冈市（原武冈县）人。毕业于湖南师范大学，历任新宁县教育局副局长、县委宣传部部长、武冈师范校长、邵阳师范党委书记。

（2）"不弃"句：1978年秋，恩师步行数十公里至白云衣地，劝父送我随其去新宁二中复课。从人、门生，徒弟。典出《论语》。

（3）杏：杏坛，相传为孔子授业讲学之处。《庄子·渔父》："孔子……休坐乎杏坛之上，弟子读书，孔子弦歌鼓琴。"

上七十国庆

三山五岳举国欢，一带一路出汉唐。

今生有幸同旦庆，且向日边晒秋霜。

己亥国庆

听雨

风摇竹影鸟栖枝，听雨研书夜半时。

丹桂轻寒常醉酒，杏红淡月总怀诗。

庚子仲春

咏祖宅

寂寞空庭觅祖扉，残垣与爱憾人归。
薪火最怕从头论，一树梨花风里吹。

戊戌冬月

十发

之一

孟婆⁽¹⁾一碗点青灯，慈母窗前半夜明。
朝罢寒鸡闲处叫，门悬弓矢笑盈声。

己亥诞辰

之二

白云油榨井边根，小姓齑盐弱势行。
马后鞍前平素事，笼鸡昼夜几回闻。

己亥诞辰

之三

手捧黄泥眼望天，出匣一剑洗十年。
龙泉化影冲牛斗[2]，欲勒轻骑怕祖[3]鞭。

己亥诞辰

之四

前山明月醉里嘶，风月出墙肠断时。
此恨不关风与月，[4]鸡鸣梦里恨成织。

己亥诞辰

之五

黄沙百战抖金甲，大布粗缯闯天涯。
官盖如云十里闹，诏黄[5]湿字到吾家。

己亥诞辰

之六

乌云卷尽碧天高，明月环山路万遥。
踏马临溪桥猝断，还休举步哭刘曹[6]。

己亥诞辰

之七

船在码头桨在潮，寒风送影冻竹篙。
青丝哪解行人意，照把依依挂埙桥。

己亥诞辰

之八

潮在码头棹不发，长风破浪望天涯。
归来纵有花前树，照把清流送落花。

己亥诞辰

之九

怡红乱眼反魂香，界转青灯几断肠。
秋到山前遇半月，凡心片片入箩筐。

己亥诞辰

之十

不因三界⁽⁷⁾不因身，不问炎凉不问尘。
半夜吹灯游梦醒，半缘见性半缘真。⁽⁸⁾

己亥诞辰

注：（1）孟婆：相传在望乡台边卖汤的女人。

（2）牛斗：牛宿斗宿。典出《晋书》卷三十六（张华传）。

（3）祖：祖逖，晋人。

（4）此恨不关风与月：此借用宋欧阳修《玉楼春·尊前拟把归期说》："人生自是有情痴，此恨不关风与月。"

（5）诏黄：诏书，古代诏书一般用黄纸写。

（6）刘曹：三国时刘备、曹操。

（7）三界：见前注。

（8）半缘见性半缘真：句自元稹《离思》"半缘修道半缘君"中化出。

夜游

阴风一路到松岗，冷月悬崖照锁黄。
偶有秋虫诉痛语，惊得叶落响空廊。

庚子冬夜

七夕

金风忽起鹊桥头，一片残云近玉钩。
莫把滴漏今夜数，数得明晚又说愁。

壬辰七夕

咏秋四首

（一）

黄花渐瘦问青筠，朽木经霜剩几轮。
风起灯花摇落处，心中无有见精神。

辛丑金秋

（二）

律回乘化看春秋，庚梦南柯粒未收。
日落黄昏同旦立，炎凉哪计再一回。

辛丑金秋

（三）

金风玉露桂花寒，霜染白毛过水滩。
身近青灯多少路，流云一片到南山。

丁酉金秋

（四）

风吹金桂夜来香，霜打沙鸥陌上忙。
斜雨敲窗寒注面，夜听沧海浪声扬。

己亥金秋

拜年

合家守岁滴干酒，武火听漏竞废眠。
待到烟花惊大矩，千门笑语纳新年。

戊戌元日

咏扶贫

草漫千山岭瘦身，穿云踏雾日扶贫。
百年大计何言晚，万代生息已吐新。
精准帮扶存善举，交融接济具良仁。
篇开旷世春秋地，破土新芽笑大钧。

庚子三冬

天生桥⁽¹⁾

云缠雾绕秀酥峰，涧险泉声化雨同。
崖斗山逼皆莫让，天生石拱半飞空。
徒行苔鲜龙无影，欣看层林鸟寂踪。
可有神仙知我醉，眺迎月桂漫相通。

癸酉腊月

注：（1）天生桥：位于中国丹霞地貌崀山风景名胜区天生桥景区。该桥系天然生成，长64米、宽14米、高20米、厚5米。整座桥呈圆拱形，拟人工削切而成，横天而过，气势磅礴，令人叹为观止，被誉为"亚洲第一桥"。

简天问一号⁽¹⁾

周髀⁽²⁾仙经木两行，天河⁽³⁾数几道沧桑。
箭星天问书新卷，碧海文昌举旧舫。
柴火廪盐温百姓，江山社稷大朝堂。
空天一体参象数，今日火星认故乡。

辛丑初夏

注：（1）天问一号：天问一号火星探测器。

（2）周髀：《周髀算经》。我国最古老的算经之一。

（3）天河：天河二号计算机。是由我国发明的世界上最先进的计算机。

还甦集

夷江遣兴⁽¹⁾

夷江二月桃花雨，春日青旗柳下依。
两岸洪荒开市过，滩头锦鲤斗峰急。
十缸绿蚁邀宾座，一尾酥虾吊马骑。
把盏江天捉对看，杯中冷暖任高低。

乙未仲春

注：（1）夷江：扶夷江。（见前注）

崀山⁽¹⁾

金风凝露崀山新，云海梳峰更解晴。
木秀千山回望怵，寨临万壑挂空惊。
溪流浅岸霜笼晓，碧血结丹玉骨明。
故垒往来多少事，问今谁可请长缨！

丙申深秋

注：（1）崀山：中国丹霞地貌崀山风景名胜区，地处湘桂边境，
越城岭北麓，与广西接壤。景区面积108平方公里，拥有各类景点360余处，
层峦叠嶂，群峰林立，其中将军石、一线天、骆驼峰、辣椒峰、天生桥、
鲸鱼闹海等景观举世罕见，被誉为崀山六绝。

诗篇

将军石⁽¹⁾

虎贲龙辇将辞行，雄镇江边济众生。
检点千秋天地志，漫观万载宿归兵。
当歌弹剑说风月，盘马弯弓问太平。
不老红尘刀口盛，太平过往到如今。

乙丑初冬

注：（1）将军石：崀山扶夷江景区八大景点之一。（详见前注）

扶夷江⁽¹⁾

金山流玉镜边宽，素壁初开起碧峦。
夕露朝酥一乳脉，晨风晚起四时欢。
琼花日夜门前过，赑屃庚年越岭盘。⁽²⁾
鸟道接天连九宇，清华渡月醉夷江。

乙未中秋

注：（1）扶夷江：又称夫彝水，旧名罗江。发源于广西壮族自治区资源县金紫山，从崀山窑市塔子寨入县境，经金石镇、黄龙镇、清江乡等八个乡镇，于回龙镇车上伍家入邵阳县，在双江口与资水汇合向东流入洞庭湖。

（2）赑屃：神话传说龙的九子之一。越岭：越城岭。

拜刘氏宗祠⁽¹⁾

孩提无力问鸡窗，日夜喧嚣楚勇狂。
二五挥戈杀太会⁽²⁾，十年并辔坐公堂。
总督两广功彪炳，疆吏一朝气势扬。
千古风流观过客，英豪欲论问王郎⁽³⁾。

庚辰初夏

注：（1）刘氏宗祠：位于中国丹霞地貌崀山风景名胜区石田村。

（2）太会：太：太平天国。会：会党。

（3）王郎：三国时王粲。

石田⁽¹⁾

天遣丹峰化卧龙，田园瑞气纵山东。

迎头火辣青岗上，隔岸山城霁月中。

吊脚石楼移路影，盘根玉树带江风。

一壶入梦蓬莱地，山峦蜡烛照醉翁。

癸未金秋

注：（1）石田：湖南省新宁县崀山镇石田村。坐落于中国丹霞地貌崀山风景名胜区辣椒峰景区内。

拜刘长佑墓⁽¹⁾

道光⁽²⁾拔贡少耕耘，楚勇喧嚣大地闻。

十里寒光合众志，三疆暑色剿团军。⁽³⁾

四江⁽⁴⁾烽火得督位，两广公堂舍本文。

谢朓篇章韩信钺，⁽⁵⁾三坟⁽⁶⁾点墨可曾经？

癸巳仲夏

注：（1）刘长佑墓：位于湖南省新宁县白沙新全村木集塘。

（2）道光：清道光年间。

（3）三疆：湖南、广西、江西。团军：团：民团。军：太平天国军。

105

（4）四江：湖南省的湘、资、沅、澧四江。

（5）谢朓篇章韩信钺：此借用唐白居易《宣武令狐相公以诗寄赠传播吴中聊用短章用伸》"谢朓篇章韩信钺，一生双得不如君。"之原句。

（6）三坟：三坟五典。

八角寨⁽¹⁾

山高几度道盘旋，百里蓝田盖洞天。
雾海翻飞赤壁雨，金波吞吐戏鲸渊。
云收自有关阳照，雨过别无店客先。
八角游人迷栈道，清风扑面半空悬。

庚辰初夏

注：（1）八角寨：位于中国丹霞地貌崀山风景名胜区最南端，与广西接壤，寨顶高耸入云，每逢云雾缭绕时，群山逶迤起伏，大小百余拔地而起的赤红色奇峰异石，酷似一群嬉戏的巨鲸，时而被云雾吞没，时而露出首尾，故留下"鲸鱼闹海"的美名。倘雨过天晴，则千山如洗，清峰如黛，又如国画师笔下的丹青。

紫花坪⁽¹⁾

春光七色生烟火，秋景十分染碧萝。
千顷花冠连四季，万株青果引八哥。

何须绿岭深红醉，自有萧山大界和。
犹恋冬装颜色好，添得玉蕊不须多。

庚辰三冬

注：（1）紫花坪：位于湖南省新宁县舜皇山下峡谷风景区。因一年四季盛开紫色杜鹃花而得名。

啄鸟瞰江⁽¹⁾

二月投篙绿水平，扁舟起浪踏歌声。
长洪抖落莲花跳，冷指弹出断线鸣。
遥望青山石叩耳，近听流水桨磨冰。
千声病树先秋老，空腹斜阳紧打门。

戊寅仲春

诗篇

注：（1）啄鸟瞰江：湖南新宁扶夷江西岸有一形态酷似啄木鸟的石头，其由一悬崖构成，位处山顶，高百余米，顶处如头部俯瞰扶夷江，倾斜而下的石块呈条形状，宛如尖喙，头部圆孔如双目怒睁，崖上兀立一树，嘴挨近树干，犹如啄木鸟在啄洞。俗称"啄鸟瞰江"。

祭无字天书⁽¹⁾

一页天书始见真，依稀入世壁中成。
峰辉五色⁽²⁾呈章典，客礼三光⁽³⁾问肉身。

霁月拈花心不悟，南冠⁽⁴⁾漉酒曲无清。
门前大道通方外，套里乾坤苦五行。

癸未中秋

注：（1）无字天书：中国丹霞地貌崀山风景名胜区辣椒峰景区主要景点之一。蜡烛峰东南面，从峰顶到峰脚一平如凿，若鬼斧神工削切而成，面积1500平方米，平滑如水，玄幻万象，似有弃章遗草幻影入世。相传唐一道士云游到此，俄见石壁便如痴如醉，面壁而坐，数年而去，曰："弟子愚笨，弟子愚笨。"自此盛传悬壁藏有天书，参透必得补天济世之才，利物救人之德。惜至今日，无人出其右。世人便将该石壁称为"无字天书"。

（2）五色：佛教五彩旗。

（3）三光：少光天、无量光天与光音天。

（4）南冠：典出《左传·成公九年》晋侯问："戴南方帽子而被捆住的人是谁？"答曰："楚国囚犯。"（白话文译）后以南冠作为囚犯的代称。

一线天⁽¹⁾

铁松倒立九霄悬，瑞气合门起紫烟。
极目管窥呼日角，跬足伫立叹天然。
白云堆里开锦缝，素壁岩中会神仙。
顶裂通玄无鸟道，斜阳莫过线一天。

丁子仲夏

注：（1）一线天：中国丹霞地貌崀山风景名胜区天一巷景区著名

景点之一。1995年中科院院士、中南工业大学教授陈国达考察时，将"一线天"更名为"天下第一巷"。该巷全长238米，高120米，宽上下基本一致，最宽处0.8米，最窄处0.3米。

拜刘光才墓⁽¹⁾

石级云外点青钱，古寺百年佑洞天。
赌棍碑前寻善士，善人甬里忆先贤。
丹心自有佛光照，热血常和义举连。
火取丹霞凝目处，一川日月耀三千。

壬辰季春

注：（1）刘光才墓：位于中国丹霞地貌崀山风景名胜区紫霞峒景区内。刘光才，号华轩，新宁白马田人。咸丰七年（1857）刘进城卖猪，途中参赌，猪金输尽，出走投军，历任苏州城参将、江宁城守协副参将、九江镇、大同镇总兵，广西、贵州、上海淞江提督。宣统三年（1911）告老还乡。刘光才居官40年，所积家产大都用于举办公益事业，如办学校、修路，开"济婴局""养源义庄"等，深受乡里颂戴。

诗篇

仙峒平湖⁽¹⁾

平湖本是上天泾，坠入凡尘早有名。
狂喷啮山千丈雪，怒飞动壁四时莹。

伏龙潭底收乾雨，降虎崖前起地溟。

仗势横堤流永著，时牵绿水破春耕。

壬午中秋

注：（1）仙峒平湖：湖南省新宁县六大人工景观之一，位于麻林乡东面，该乡旧名仙峒，固有仙峒平湖之称。该工程1965年动工，1979年竣工，在崇山峻岭间建成大圳灌渠母库。库容7100万立方米，水面10万平方千米。

黄金牧场^{（1）}

杏月黄金绿蔓牵，晨曦草木染空天。

牧场万里同春闹，戈壁八荒共火绵。

野火合围烧正旺，青葱闭塞剃重连。

牛羊踏月归来晚，一米霞光唤杜鹃。

甲午仲春

注：（1）黄金牧场：建于1970年，地处湖南省新宁县县境西南边陲，面积2.5万公顷，平均海拔1460米。四周红杜鹃漫山遍野，每逢春暖花开，喷火蒸霞，目不暇接。

双虹锁秀⁽¹⁾

秀锁双虹玉锦堂，今来古往是吾乡。
西堤翠柳环台榭，东岸盘花醉古杨。
市闹桥穿容百姓，街荣水绕许春光。
乌篷万里门前过，浪打牙樯韵更长。

己丑仲春

注：（1）双虹锁秀：位于湖南省新宁县金石镇观瀑渡与白公渡之间，观瀑、白公双桥横卧扶夷江上，对称辉映，中锁江段。

八音岩⁽¹⁾

千陌东西现游人，晨星晓月踏初春。
石奇涧绕芙蓉水，山岚仙迎四季宾。
壁泻银河弹律乐，身泼净水洗浮尘。
无私见物今方信，八音天扇入洞门。

丁丑初春

注：（1）八音岩：位于湖南省新宁县水庙镇箭杆山村，此岩全长1850米，共分八层十二殿，更为奇特的是，在石洞深处有一把高约十米的"石琴"，用物敲击可发出"1234567i"八种音调，乐响洪亮幽雅，摄人心魄。

游金紫岭⁽¹⁾

时年金岭醉花英，九曲夷江绕县城。
经雨青峰连水碧，侵霜素壁断竹鸣。
空山有鸟形无际，苔路无人寂有声。
恍入九天同帝语，丹丘不死步流云。

甲申仲春

注：（1）金紫岭：又名金城岭、金峰岭。耸立湖南新宁县城之东，主峰2000余米。

题金城书院

千古夷江唱郑虔⁽¹⁾，清泉流韵本吾先。
莲潭点墨无昔日，天彩文昌不昨天。
举戒仓颉诏后嗣，开坛至圣慕仁篇。
童子欲问高人处，犹自学舌乱举贤。

庚子腊月

注：（1）郑虔（691—759）：字趋庭，又作若齐、弱齐、若斋，郑州荥泽县人。唐文学家、书法家、画家。

题杨再兴^{（1）}

盆溪寒舍雪霜明，策马桑麻世上身。
顾我横枪防故土，念他仗剑保国亲。
邪关出战留翻^{（2）}恨，郾地班师却敌泯。
一代报国伤壮兕，商河万箭痛成仁。

壬辰金秋

注：（1）杨再兴（？—1140）：出生武冈军，幼年丧父，随母来
到湖南新宁崀山盆溪村外婆家居住。自幼习武，弓法神奇。先从曹成把
守莫邪关，后随岳飞抗金，绍兴十年（1140）金兀术屯兵12万，进攻临颍，
杨再兴率部一马当先，又领轻骑三百进击，至小商河（今河南中部），
雪掩河道，马陷河中，金兵乘机万箭齐发，杨再兴英勇战死时年36岁。
焚其身，箭镞足两升。

（2）翻：岳翻。岳飞胞弟。在莫邪关大战中被杨再兴杀死。

神龟石^{（1）}

桃花巷里道初成，暗藏天机世可惊。
秋叶无寻生土火，春丹半粒养田青。
吸干夏至夷江水，喷火三冬季旱晶，
背上龙王符一道，归真反本现原形。

己亥金秋

注：（1）神龟石：位于湖南省新宁县清江乡桃花村，在该村院子后的青石巷里，有一方石头，形似一只爬行的乌龟，其头与眼神似，人称神龟石。

咏石床橙橘⁽¹⁾

两岸青黄染三冬，石床起火点灯笼。
金星十万桑前照，胭脂千窝水里红。
玉液自知潜夜入，琼浆羽化认泥功。
犹怜雪户田家树，缕缕清香带晚风。

庚子寒月

注：（1）石床：详见前注。

石床吟

石床橙味韵夷江，水绕人家待碧黄。
霜裹珍珠十月老，花含玉露四时香。
霞飞彩缀穷胎力，箱入说合满锦堂。
四面青山接贵客，舟子一划过潇湘。

庚子寒月

诗论之五

饱耳闲听韵律呻，倒将此事细思寻。

家规家谱唯唐宋，徒子徒孙尽古人。

律入清音身手眼，格刊大本气精神。

阳花小调言窥室，说教嘈切⁽¹⁾莫入门。

辛丑仲春

注：（1）嘈切："嘈嘈切切"的缩写。语出唐白居易《琵琶行》："嘈嘈切切错杂弹，大珠小珠落玉盘。"

诗篇

晚宿五谷殿⁽¹⁾

玉立虚竹礼殿旁，藤萝缠绕掩青岗。

随缘归卧谷门里，觅道躬鞠几案房。

借问此心如了了，还苏彼界恰茫茫。

乾坤何日容我静，见性还须两眼盲。

癸酉季春

注：（1）五谷殿：位于湖南省新宁县清江乡红心村。占地40亩，建筑面积1000平方米。

题大夫庙⁽¹⁾

山门沉月露霜迷，先鸟寒僧破晓啼。
日月一轮空志业，人神三两落东西。
雄狮翘首怡山舞，大将低眉病夏畦。
宠辱无惊闲世后，漫随来去笑征辇。

癸巳中秋

注：（1）大夫庙：位于湖南省新宁县回龙镇双狮村。是为纪念唐代平叛将领陈志业而建，占地200平方米。

还甦集

参禅

曾邀旧友到吾家，静坐楼台饮月华。
水火甲庚⁽¹⁾炉里炼，金丹子午鼎中砂。
时平气海千年事，贯定壶中四季花。
问道榆钱浑未许，春秋扶斗入烟霞。

丁酉生辰

注：（1）甲庚：元杨弘道《哭刘叔京》："甲庚俱旧识，类聚不同方。"

明心

家居杜岭⁽¹⁾问庚年，野叟惟余剩饭鲜。
无象无形潜造作，入根入室饮清泉。
不辞雪月神机荡，何虑风花道气绵。
昨日圆觉归落处，丹成抱守化方天。

戊戌生辰

注：（1）杜岭：杜家岭，位于湖南省新宁县县城西南郊。

见性

注流子午⁽¹⁾纳出新，欲取余生始见真。
笑看瑶台诸圣道，漫观方内众侪寅。
张胸玉宇援金斗，闭目红楼洞世尘。
乘化一篙秋月里，出门笑带去留身。

己亥生辰

注：（1）注流子午：子午流注的倒装。语出《黄帝内经》。

闹耕

彤云含岫盖荒园，夷水空灵气韵连。
紫岭蔬花迷翠鸟，杜峰细雨染苍烟。
纤青舞袖无萤地，木耜开山有雁天。
叶落尘泥机静处，犁耙打闹正当年。

辛丑生辰

垫耕

杜峰脚下湛溪馨，人杰须知此地灵。
玉树池边呼霁雨，华屋岭下耀高星。
西山红果浑如醉，东岭蔬花恰入宁。
岂是开锄双手巧，皆因净土垫纤青。

庚子腊月

羡耕

萧萧策马著弓刀，奕奕击筘入暮潮。
广武独寻阮籍酒，⁽¹⁾ 天山空见祖师招。
今身昔战中枪死，昔粗今征谢箪瓢。⁽²⁾
眼入红尘方外地，教他羡我种芭蕉。

戊戌金秋

注：（1）广武：广武山。（今河南荥阳东南）。阮籍：竹林七贤之一。
（2）箪瓢：《论语·雍也》：孔子赞颜回"一箪食，一瓢饮。"

笑耕

杜岭一溪古井清，映松淡月破春耕。
烟夕布种泉明土，昏晓施肥范蠡营。
蔬菜一坡同岫绿，篱笆几架共人声。
流云半榻悬星斗，雪雨一犁笑老身。

己亥仲夏

叩金庸先生⁽¹⁾

穷秋朔风悲晴空，四海号歌泪万重。
身浴清露随星落，遥忆当年六钧弓。
艺成书剑初试刀，情牵手足斗寒宫。
国仇家恨红花放，追魂奇命吐信虹。
千军岳峙动天地，万马潮涌惊乾隆。
心伤殿隔红颜殒，香血一缕染沙红。
百战江湖一笛工，风雷侠烈生死忠。
鸳鸯戏水春蚕苦，红尘尽处见鱼同。
山宗承志开圣峰，金蛇仙猿定前盟。
浙江石梁弘道义，魏国府里见宝踪。
此生纵聚天下财，焉得易守半日梦。
血溅三尺崇祯殿，剑绕二指昭阳宫。
空负双姝心月印，初心复明在云中。
全真七子仁义宗，靖康十八练三冬。
新盟旧约天勘破，谁识大漠射雕弓。
灵河仙草花一朵，妙计锦囊学降龙。
华山论剑问天下，赢得桃花笑春风。
往来雪山飞虚空，原为钱财觅青铜。
四宗本是闯王士，却因闯王杀西东。
百年恩怨谁扼腕，奈何命运多舛弄。
早争晚夺男儿气，及到多时伴古松。
重阳古墓来顽童，杨家遗骨郭家侬。
方喜欲作膝下子，俄迷素仙舞玲珑。

玉床花墙练心经，白云聚散来去空。
人生离合莫如斯，悲欢二八问迹踪。
风月不老童真在，襄阳杀敌解千重。
大雨滂沱高家庄，铁牛力战美名扬。
佛山镇霸从来志，七心海棠觅药王。
紫罗衫动红烛影，金童玉女共参商。
天下掌门朝堂会，宝刀柔情恨无常。
白马一路笑西风，生死一帕系亲娘。
梦里总是江南绿，醒来不见杏花巷。
太极初传在武当，七侠聚义乐未央。
倚天屠龙号天下，三生石上空投窗。
群雄逐鹿今日会，有女长舌利如枪。
雌雄横行任他去，我是清风拂山岗。
今古炎凉谁看破，唯有明月照大江。
穷发十载如末箭，呜呼何人识张郎。
铁鞭八方西安镖，鸳鸯刀自背袱藏。
十万雪花无人问，仁者无敌不见伤。
沅陵麻溪铁锁江，素心三剑起萧墙。
琵琶一日穿骨处，尘世无恋自投梁。
苟活苦练神功照，血刀闭气钟误撞。
半身江湖淡如水，幡然绝尘雪归航。
大理公子出仙乡，凌波六脉戏豪强。
语嫣若梦向来痴，亢龙有悔裂霓裳。
松鹤金兰千杯义，连城蒙冤几欲狂。
胡汉恩仇英雄泪，高情厚义寸肠断。
若问塞外天寒处，且回江南玉锦堂。
生来命舛细端详，煎饼藏巧有机关。
帮主杂种皆天道，玄铁一出响叮当。

乌云盖雪黑白剑，舔犊小丐苦娇娘。

真假原来是假真，欲求真假实荒唐。

天地为家问江湖，世人聪明枕黄粱。

名利场上风浪起，赢到头来尽是伤。

思过崖上风清扬，华山青梅苦涩酸。

绿竹清心菩提咒，粲然若星女儿妆。

笑傲江湖琴箫谱，剑气纵横云头乱。

黑木崖上任我行，正邪两仪无四象。

为得伊人日平安，何惧苦难加身上。

乱世红尘剑宫商，勾践卧薪假刀忙。

范蠡西施联袂日，空留越女黯然伤。

扬州奇人韦小宝，不修内外功自长。

太监钦差共堂主，红楼春深锁七房。

黑白通吃哈哈镜，阴阳鸾凤巢癫狂。

武英殿上擒鳌拜，身伴红日世无双。

念想望穿地荒恋，绝代风华未了愿。

春梦⁽²⁾就此生别过，长眠灯下执俗念。

我哭先生赴九泉，离乡背井成港客。

父冤子夭终告慰，椽笔一纸八六年⁽³⁾。

紫荆勋章冠天下，香港鸿儒著仁篇。

平生觅道问今古，明报⁽⁴⁾天地书正邪。

除暴安良乃本分，公义羞恶只南雁。

挺身赴难不辞死，是非炎凉化杜鹃。

千秋功名凭谁说，善恶真假千万言。

恩怨情仇道不尽，铁销一地谁仗剑。

戊戌穷秋

注：（1）金庸（1924—2018）：原名查良镛，生于浙江省嘉兴市

海宁市，1948年移居香港。当代武侠小说泰斗、新闻学家、企业家、政治评论家、社会活动家、香港四大才子之一。

（2）春梦：《夏梦的春梦》。夏梦（1933—2016），生于上海，香港电影演员及制片人，《夏梦的春梦》是夏梦离开香港去加拿大定居时，金庸先生在《明报》专门为其写的一篇充满诗意的社评。先生在社评中说："去也终须去，住也不曾住，他年山花插满头，莫问奴归处。"

（3）八六年：2010年金庸先生以86岁高龄获得哲学博士学位，创下了剑桥大学在校生中年纪最大的纪录。

（4）明报：1959年金庸先生创办的《明报》。

国祭

战火随春散，百花应祭开。
举国旗下半，英烈化蝶来。

庚子季春

长江

浩气吞山月，龙鳞透锦花。
千秋唐古水，一脉乳中华。

辛丑仲夏

过桃花渡口 ⁽¹⁾

岁月人间促，青云马跃多。
桃花千古岛，日月往来过。

己亥金秋

注：（1）桃花渡口：湖南省新宁县清江乡桃花村渡口。

还甦集

过年

杜岭过新年，朱泥火不眠。
雄鸡呼我起，堂下桂子圆。

己亥新年

元日

酥雨行时令，岁筵已醉眠。
红泥催我醒，开户见新年。

辛丑新年

研几（1）

研几影生苔，春光不及猜。
秋酸锅里煮，何必问归来！

辛丑季春

注：（1）研几："夫《易》，圣人之所以极深而研几也，唯深也，故能通天下之志；唯几也，故能成天下之务；唯神也，故不疾而速，不行而至。"

参伍（1）

冷暖秋来品，炎凉半味真。
天心初动处，尽是雨中人。

辛丑初夏

注：（1）参伍：《易》曰："参伍以变，错综其数，通其变，遂成天地之文；极其数，遂定天下之象。非天下之至变，其孰能与于此？"

夜读

山后乱云飞，山前夜雾浮。
床头一片纸，解我百年忧。

乙未三冬

咏鲲龙-600首飞

霜飞万点红，水陆两行风。
空海鲲龙啸，响弦落雁弓。

庚子初冬

春

连阴觉不在，一日意忽明。
但看轻烟里，春托草木新。

庚午初春

游纳木错湖⁽¹⁾

水碧月先白，山青雪染烟。
醉余湖里影，天上一神仙。

庚寅初夏

注：（1）纳木错湖：我国西藏自治区最大的内陆湖，也是世界上最高的咸水湖。

清明

新烟暗草径，又见断肠人。
烛落三千泪，纸烧一世心。

乙酉清明

游杨芳岭⁽¹⁾

空翠画眉长，青田绿水欢。
天边一野叟，山外捡春光。

丁丑季春

注：（1）杨芳岭：湖南省新宁县一渡水镇杨芳岭。

咏梅竹

竹影瘦石扬，梅骨雪里香。
当天来见日，不恋下檐光。

辛巳季春

咏菊兰

霜菊垅上黄，兰佩壑边香。
志在山中住，何须坐大堂。

壬辰金秋

登黄山遣怀

高山峰看顶，淼水浪观滩。
昼夜无常物，心明处自安。

丁酉三冬

还
魁
集

晨游洞庭湖

烟从镜里发，户挂宇边霞。
水涌千层浪，网兜万朵花。

戊寅初秋

游坐禅谷^{（1）}

煦日踏扁舟，青山共碧流。
心逐白浪去，一棹伴云飞。

丙申生辰

注：（1）坐禅谷：位于河南省淅川县仓房镇西北部峡谷风景区，堪称中原第一锈石群，被誉为丹江明珠，仙境灵谷。

童摇石^{（1）}

玄石天赐就，日望大江流。
应手方知妙，逢人即点头。

戊戌金秋

注：（1）童摇石：位于湖南省新宁县清江乡桃花村马跃山上，重数十吨，却能随风摇摆，应手而动。

四胜庙⁽¹⁾

四胜禅房外，众生寄梦来。
乱红谁过眼，几朵碧莲开？

己亥三冬

注：（1）四胜庙：位于湖南省新宁县杜家岭公园东郊。

咏雪

律回睡净瓶⁽¹⁾，秋去箸敲惊⁽²⁾。
为舞花争艳，翩翩入世尘。

丁酉腊月

注：（1）净瓶：董双成掌管贮雪的琉璃净瓶。语出《喻世明言》。
（2）箸：黄金箸。姑射真人掌管。语出《喻世明言》。

港珠澳大桥通车遣怀

南海祭征袍，白波一梦遥。
昔时人尽去，离恨似江涛。
今古伤心处，春回彩霁飘。
海疆三万里，平水镇长桥。

戊戌金秋

大耕

岭秘草藏锋，溪灵坐钓翁。
何期皇姥雨⁽¹⁾，正展漉巾风。
芥菜宿堂鼓，葱花醒课钟。
武夷亭幔侧，野鹤醉山松。

己亥三春

注：（1）皇姥：皇太姥。典出《武夷山志》卷一八。

心耕

楚客扶秋耜，遗音响九天。
赤心翻杜岭，天意动耕年。
初试隆中土，还苏蒋诩⁽¹⁾ 田。
今迷篱上月，袖里拢青烟。

庚子初秋

注：（1）蒋诩：西汉人，字元卿。

见耕

六载开杜岭，七年世外家。
不期昔日酒，且待眼前花。
砍树平谷壑，扶犁抖土沙。
见说无限意，秋草枕冬瓜。

戊戌寒月

问花

枝头穿碧落，染鉴入三台。
春景无常驻，衰颜万古裁。
红霞片片剪，露水声声猜。
尽在菩提里，如何问去来。

己未仲春

游遇仙桥^{（1）}

诗篇

浮云霭色暮，过处路扰茫。
巷里乾坤别，桥头雀鸟忙。
刘郎生不到，秀才梦却长。
一叶山中舞，壶中吆语欢。

壬午腊月

注：（1）遇仙桥：中国丹霞地貌崀山风景名胜区天一巷景区主要景点之一。（详见前注）

题无字天书⁽¹⁾

石镜挂烛旁，天书见几行。
韦编⁽²⁾谁断易，至圣孔延章。
日幻千尘客，星迷两教房。
可怜人一世，几个气如常。

丙戌季春

注：（1）无字天书：见前注。
　　（2）韦编：《史记·孔子世家》："孔子晚而喜《易》……读《易》韦编三绝。"

观磨镜台⁽¹⁾

栖身染镜台，鉴物莫相猜。
应尔白云起，为余净路来。
问禅无大道，坎止⁽²⁾自心裁。
只在分明眼，家常却不开。

甲戌季春

注：（1）磨镜台：南岳衡山磨镜台。（见前注）
　　（2）坎止：《汉书·贾谊传》引《鵩鸟赋》："乘流则逝兮，得坻则止。"注云："《易》坎为险，遇险难而止也。"

忆高考⁽¹⁾

高考无多日，六书⁽²⁾读几行。

三机连一泵，⁽³⁾落笔咋出章。

儒道黉门弃，国学夏域殇。

七尺何所似！梅福卷何香？⁽⁴⁾

戊戌高考

注：（1）高考：1979年高考。

（2）六书：政治、语文、数学、历史、地理、英语。

（3）三机连一泵：三机：柴油机、拖拉机、发电机。一泵：水轮泵。
（七十年代的高中教材）

（4）梅福：《汉书·梅福传》："梅福字子真，九江郡寿春人也，
（今安徽寿县）。"少学长安。《尚书》《谷梁春秋》的专家。西汉南
昌县尉，后去官归寿春。

诗篇

即事

白云曾有志，杜岭已无忧。

稼穑依耕水，山居倒打牛。

儿胸空管墨，父手只鱼钩。

老小春芳歇，青山对雪鸥。

丁酉中秋

黄河

玉入秦关五色流，雷霆日夜贯春秋。
生来一道玄黄脉，四海河山定午洲。

辛丑仲夏

除夕

未及飞天⁽¹⁾成醉炊，河清海晏许耕耘。
犁耙一夜鱼蜂照，春入家门见几分。

辛丑除夕

注：（1）飞天：飞天茅台。

元夕

四气催新不夜天，青丝白发度何年。
如烟岁月风吹过，留有来兮望雨闲。

壬寅元夕

后记

1993年3月30日老家来电说阿爸去世了。我赶回家，拉着爸的手，摸着，又放到脸上触了触，忽然想起，这还是我第一次摸阿爸的手，自从上小学以来30年里我竟然从来没有摸过阿爸的手，我惊愕了。

记得小学的时候，因为阿爸居然信迷信，我便想和他划清界限，怎么划，首先是不喊他，再就是不和他说话。我小学成绩很好，但一天也不开心，看着大家天真烂漫地玩耍，我很羡慕。

到了初中，换了环境，好多老师同学我都不认识，压力就小多了，有时也笑一笑。哪想一天早操时老师说阿爸昨晚做法事，被抓了，全校一下知道了，我懵了，恨不得钻进地缝里，永远不要见人，我的心从此开始滴血，撕肝裂肺般的难受。我怎么有这样的阿爸，我恨啊！我不要再看到他。

高中时，生活很艰苦，我一月伙食费才一元八角钱。一天学校通知我欠米、钱一周了，再不交就得停餐。我躲在寝室里想哭，突然门轻轻地打开了，进来的竟然是阿爸，他依旧穿那身破旧的麻布衣裤，依旧那张清瘦长满胡子的脸，他小心地放下肩上扛着的袋子。阿爸平时很少和我说话的，这时也只简单地说："这是米。"然后又从裤袋里摸出一个油纸包，展开油纸包把里面仅有的两元钱放到我的被单上。阿爸打量着我，完了，又向窗外的树上望了片刻，说："我得走了。"

阿爸真的走了，我紧紧地抓着三十多年来不曾摸过的阿爸的手，泪水在眶里打滚，我知道，这是第一次也是最后一次。

晚上守灵的时候，阿妈讲了一段阿爸小时候的经历。阿爸祖籍是洞口县黄桥铺镇，民国十年发大水，祖宅被淹，祖父带着八岁的阿爸外出逃荒。一天，来到新宁县白云山上，时当正午，酷暑炙人，祖父在山涧喝了溪水，一下中痧了，脸色发青，人事不省，阿爸吓得大哭，惊动了白云庵的僧侣，祖父被救回庵里，尔后，祖父便留在白云庵打杂，阿爸留在庵里学抄经书。

听到这里，我涕泪纵横，可是有什么用呢？在此后二十多年里我几乎游历了大江南北的寺、庙、观、庵、殿。好像在寻找什么，又好像是在忏悔。同时也开始研习古典文化，结成《还甦集》上见阿爸。

如今，阿爸的手我永远也摸不着了，它化为尘埃，留在了祖宅对面的小山坡上。

2018年5月于书斋

还甦集